井波律子
井波陵一 編

汲めど尽きせぬ古典の魅力

中国文学逍遥2

本の泉社

刊行にあたって

井波律子が遺した文章を「中国文学逍遥」全三冊としてまとめました。
第一冊『時を乗せて　折々の記』身辺雑記を含む折々のエッセイ
第二冊『汲めど尽きせぬ古典の魅力』専門分野である中国文学に関する論述やエッセイ
第三冊『楽しく漢詩文を学ぼう』高校の先生や生徒への講演記録、そして読書案内など

この三冊に収めた文章は新聞・雑誌のコラムや、さまざまな団体・機関に依頼されて執筆したエッセイ、そして未発表作品を含む講演の記録などから成り、すべて生前刊行された単行本には未収録です。

上梓するにいたった経緯については、第三冊所収の「編者あとがき」をご覧ください。

なお、原稿を整えるにあたり、それぞれの文章が書かれた当時の雰囲気を大切にするため、表記の統一やルビの増減は必要最小限にとどめました。

ぜひ、井波律子の視点や言葉に導かれて、「おもしろさを語ること」の醍醐味や、「語ることのおもしろさ」の躍動感を味わっていただきたいと願っております。

編者　井波陵一

編者解題

『汲めど尽きせぬ古典の魅力』

中国文学や文化全般に関する専論やコラムを、ジャンルや時代などを考慮して五章にまとめた。「神話・伝説」から「白話小説（俗文学）」にいたる〈伝統中国〉を俯瞰することを中核とし、近代の到来を告げる西洋文学の翻訳事情に及ぶ。また別章として、井波律子が深い関心を寄せた幸田露伴に関する文章を集成した。

発表媒体や時期など、出典についてはそれぞれの文章末尾に示した。

第Ⅰ章「神話　ユートピア　異界」

井波律子は一貫して、〈別世界への夢想〉をいざなう神仙思想に対して深い関心を示していた。中国の神話・伝説や異界（仙界）をテーマとした五篇を収める。

第Ⅱ章「漢詩の世界　表現のダイナミズム」

中国で最も尊重される文学ジャンルは「詩」である。成立・展開の過程を綿密にたどるとともに、さまざまな角度から考察した論稿で構成。

第Ⅲ章「中国の人と文化　点描」
孔子の生き方や知識人のありよう、食文化の変遷から纏足の奇習まで、中国文化をめぐるエッセイ十篇を収録する。
第Ⅳ章「白話小説の物語世界」
『三国志演義』をはじめとする白話小説は中国文学の巨大な達成である。国際日本文化研究センター(日文研)シンポジウムの講演二篇を中心に、その魅力を説き明かす五篇を収める。
第Ⅴ章「近代中国の文学観――翻訳を手がかりに」
十九世紀末から二十世紀初頭における外国文学翻訳は中国の文学世界に大きな衝撃を与えた。その実情や意義、さらには問題点について論じた力作。
別章「幸田露伴と中国文学」
幸田露伴は中国文学に通暁した「知の巨人」である。彼の教養形成や創作活動はどのようなものであったか。日文研在職中の共同研究会の成果もふまえながら、分析・叙述した四篇を収録。

なお、本書で扱うのは井波律子の専門分野であり、関連する単著も多い。直接関係する著作については巻末「より深く知りたい読者のために――関連書紹介」を参照されたい。

目次

Ⅱ　漢詩の世界　表現のダイナミズム

Ⅲ　中国の人と文化　点描

Ⅳ　白話小説の物語世界

Ⅴ　近代中国の文学観――翻訳を手がかりに

別章　幸田露伴と中国文学

I

神話　ユートピア　異界

土と泥——中国の神話・文学を繙く

聖なる根源を意味する「土」

「土」という語が喚起するイメージは、現代では総じてどうも芳しくない。たとえば、日本の国語辞典では、「土壌のこと」というごく当たり前の解釈とともに、「ねうちのないもの。容貌のみにくい人のたとえ」(いずれも『広辞苑』)だとする解釈が付されている。中国でも事情は似たりよったりで、「土」といえば、現代では「もっさりして野暮ったい」とか、「どろ臭い」とかいう意味で使われるケースが多い。

という具合に、「土」という語の喚起するイメージは、現代ではすっかり零落してしまった感がある。しかし、根源にまでさかのぼってみれば、「土」という漢字は本来、「万物を吐出する(生み出す)形」を象《かたど》っているというのが通説である。すなわち、「土」という字を構成する「二」と「|」のうち、前者「二」は地を象り、後者「|」は物が生い出る形を示すとされる。つまるところ、これは、植物の芽が地中から地表へと生い出る形を表しており、「土」が豊饒な生命を育む、聖なる

根源であることを意味する。

さらにまた、中国には古代から「五行思想《ごぎょう》」と呼ばれる独特の世界観・宇宙観が存在する。おおざっぱにいえば、木・火・土・金・水の五つの元素（五材）が、天地の間に広がりたえまなくめぐり動いて、万物を生成し、世界や宇宙を組み立ててゆくという考え方である。ちなみに、この五つの元素はそれぞれ決まった季節・方位・色彩とセットになっており、その内訳は、木（春・東・青）・火（夏・南・赤）・土（土用・中央・黄）・金（秋・西・白）・水（冬・北・黒）となる。このうち、「土」は中央に位置しており、世界や宇宙を構成する五元素のうちでも中心的要素であることが、容易に読みとれる。

泥をこねて人をつくった女媧

以上のように、そもそもの字形や古代の五行思想を通じて、「土」は生命を生み出す聖なる根源として、また世界や宇宙を構成するもっとも根本的な要素として、とらえられてきたことがわかる。中国の神話には、こうした「土」の聖なる力をより具象的に表したものが見られる。その第一にあげられるのは、女媧《じょか》神話である。女媧は人面蛇身の女神だとする説もあるが、きわめて霊力がつよく、人類を創造したとされる。その人類創造神話は以下のとおりである。

天地開闢《かいびゃく》以来、宇宙に生命が誕生し、植物も鳥獣も生息するようになったが、人類はまだ誕生していなかった。そこで、女媧は黄土の泥をこねて、自分の形に似せた小さな生き物をつくり出し、「人」と名付けた。これがすこぶる気に入ったので、女媧はせっせと黄土の泥をこねて、どんどん「人」をつくり出したが、相当な激務だったため、やがてすっかり疲れてしまった。そこで、今度は藤の蔓《つる》を手に持ち、これを泥沼に投げ入れて泥水をかきまわし、引き出しては地面に向かって振りまわした。すると、藤蔓から飛び散った泥水の一滴一滴がみな人になった。これなら手間がはぶけると、すっかりご機嫌になった女媧は、泥水をつけては藤蔓を振りつづけ、やがて地上は人類でいっぱいになった。

どことなくのほほんとユーモラスな人類創造神話だが、ここでは人類は紛れもなく土泥から生み出されたことになっている。これはあきらかに、生命を育む豊饒な土のイメージから連想された、人類創造神話だといえよう。付言すれば、こうして女媧が人類を創造したあと、天地がひっくりかえるような大変動がおこった。女媧は五色の石を溶かして天の破れ目を塞《ふさ》ぎ、天が落ちて来ないよう、大亀の四本の足を切って大地の柱とした。こうして女媧が天地を補修してくれたおかげで、人類はよみがえることができたという。

今あげた女媧神話は、『風俗通《ふうぞくつう》』(『太平御覧』巻七八)などの諸書に散見するものである。魯迅の「補天」(『故事新編』収)は、これらの諸書に見える女媧神話を鮮やかに再編成した珠玉の短篇にほかならない。

無限に増えつづける土「息壌」

女媧神話とともに、「土」にまつわる神話として、見逃すことのできない話がもう一つある。それは、聖天子禹《う》の父、鯀《こん》の物語である。

古代には堯《ぎょう》・舜《しゅん》・禹の三人の聖天子がおり、いずれも血統によらず、人徳と有能さによって帝位を継承したとされる。司馬遷著『史記』「夏本紀」によれば、禹の父鯀は、大洪水がおこったとき、堯に治水を命ぜられたが任務を果たすことができず、流刑されて死亡したのち、息子の禹が治水に当たり、みごと成功したということになっている。しかし、鯀については、じつは別系統の神話がある。

これによれば、もともと鯀は天を支配する天帝たる黄帝《こうてい》の孫であった。大洪水がおこったとき、鯀は人々の苦しみを見かね、何とか洪水を治めてほしいと、祖父の黄帝に頼んだが、地上の人間の邪悪さに腹を立てていた黄帝はまったく受け付けない。そこで、鯀は黄帝が天上の宮殿に隠し持っていた「息壌《そくじょう》」を盗みだし、下界にくだってばらまいた。息壌は無限に増えつづける土であり、ほんの少し大地にばらまいただけで、ただちに山や堤防ができあがるという宝物だった。

鯀がこの息壌をばらまいたために、大地に山や堤防が生じ、さしもの大洪水も引きはじめた。このとき、黄帝は孫の鯀が息壌を盗んだことに気づき、手下の神を下界に派遣して鯀を殺させ、息壌を取りもどした。すると、またも大洪水となり、世界は水浸しになってしまった。しかし、鯀もさるもの、三年たってもその遺体は腐らず、やがて遺体の腹から息子の禹が誕生する。この禹が父の志を受け継ぎ、ついに治水に成功したのだった。

こうした鯀の息壌による治水神話は、『山海経《せんがいきょう》』などの諸書に見えるものである。ここに見える、土が無限に増殖する「息壌」なるもののイメージには、まことに興味深いものがある。すべてを押し流し破壊し尽くす大いなる水の力に抗して、大地や世界を形成しようとする土の力といったところであろうか。

土を入れた器を献上された重耳

ほんの一握りの土が無限増殖して新たな世界をつくり出すという、この鯀の神話は以後、さまざまな形をとりながら後世に受け継がれてゆく。たとえば、春秋時代、晋の公子重耳《ちょうじ》（前六九七？〜前六二八）にまつわる有名なエピソードは、その最たる例といえよう。

重耳は御家騒動のために国外に脱出、十九年にわたる亡命生活に耐えて帰国を果たし、ついに即位して名君（晋の文公）となった人物である。この重耳が亡命の旅の途中、飢えて土地の者に食糧を求めたところ、その者はなんと土を入れた器を献上した。人をバカにするにもほどがあると、重耳が怒ったところ、同行していた臣下の趙衰《ちょうし》はこう言った。「土地の者が土を勧めるのは、土地を領有できる吉兆です。拝んでお受けください」。器に盛られたわずかな土が無限増殖し、やがて大いなる領土をもたらすであろう。この趙衰の言葉は、不遇の主君に対する単なる慰めではなく、先にあげた鯀の「息壌」神話とはるかに呼応する、予言的なニュアンスを帯びているといえよう。

土泥から人間をつくり出した女媧の人類創造神話、無限増殖し世界を形成する鯀の息壌神話、器に盛られた土から大いなる領土を連想した重耳の歴史的エピソード。これらの神話やエピソードは、生命と世界に対する土の根源的な力を、如実に浮き彫りにしたものにほかならない。時代が下るにつれ、土への賛歌はこうしたストレートな形では語られなくなってゆく。しかし、土のもつ霊力は意外なところで命脈を保ち、その霊妙さを発揮する。

「青泥」を食べて仙人になった李清

十六世紀の明末、馮夢龍《ふうぼうりゅう》が編纂した三部の白話《はくわ》短篇小説集「三言《さんげん》」の一部、『醒世恒言《せいせいこうげん》』（第三八巻）に「李道人《りどうじん》、雲門に独歩すること」という物語が収められている。物語の展開はあらまし以下のとおり。

青州（山東省）に李清《りせい》という大金持ちの染物業者がいた。李清は七十歳の誕生日を前に、総勢五、六千人にものぼる親戚に奇妙な要求をした。誕生日のプレゼントにめいめい指くらいの太さの麻縄を贈ってほしい、そうすれば合わせて五、六万丈（一丈は約三・一一メートル）になるというのだ。親戚一同はキツネにつままれたような顔をしながら、言われたとおりにした。李清はもともと仙人になりたがっており、青州郊外の雲門山の頂上にある洞窟が仙人の世界への入り口にあたると聞き、集めた麻縄をつないで洞窟の奥底まで降りようと考えたのである。

誕生日の当日、李清は親戚一同が見守るなか、四本の麻縄で吊り下げた竹籠に乗り、真っ暗な洞窟の底に向かって降りて行った。どれだけ下ったことか、ようやく底についたようなので、李清は籠の外に這い出し、暗闇のなかを歩きはじめた瞬間、ぬるぬるした泥に足をとられて転倒し、意識を失ってしまった。

かたや、地上にいた親戚は何度も竹籠を上げたり下ろしたりしたが、いっこうに李清が上がって来ないので、事故にあって死んだものと思い、諦めてしまった。洞窟の底で失神していた李清はやがて意識をとりもどしたが、空腹に耐ええず、洞窟の底の泥をすくって食べた。すると不思議なことに身体に力がわき、元気溌剌となった。この泥はじつは「青泥《せいでい》」と呼ばれる仙人の食物だったのである。かくて「青泥」を食べ心身ともに浄化された李清は、ついに深い穴を突き抜けて、夢幻的な美しさに輝く仙界に到達することができた。

これは、神話の時代からはるかに時を隔てた、中国近世の仙人物語だが、ここにも生命を蘇らせる豊饒な土のイメージがいきいきと描かれている。

一見、どろどろして汚らしい土や泥が、いかにして豊饒な生命を育み、新たな世界を形成してゆくか。中国の神話や歴史、はたまた文学作品は、ここにあげた数例から顕著に見てとれるように、多種多様な角度から土への賛歌をうたいつづけているのである。

（『INAX BOOKLET　土泥礼讃』二〇〇二年九月）

中国の理想郷

中国においては、不老不死の仙人が住む仙界や、あるいは山奥の隠れ里たる桃源郷など、さまざまな理想郷のイメージが、多様なヴァリエーションを生みだしながら、時代を越えて脈々と受けつがれ生きつづけてきた。

理想郷のイメージを具体的に描いた、とりわけ早い例は、『列子《れっし》』の「湯問篇《とうもんへん》」に見える。ちなみに列子は、先秦《せんしん》時代（紀元前六世紀末〜五世紀初、春秋時代の末か戦国時代の初めごろ）の道家的思想家の一人で、風に乗る仙人として知られる人物。『列子』は、その列子が著したとされる書物だが、じっさいには、その後数百年にわたって、おりおりの人が「列子」的だと考えた言葉や説話をそのなかに盛り込み、現在みられるようなかたちになった。むろんこのなかには、「原列子」ともいうべき、もともとの列子の言説も含まれる。この『列子』には、おびただしい数にのぼる説話が収録されており、その意味では、説話集あるいは奇想小説集ともいうべき性質をもつ。

『列子』「湯問篇」にみえる二つの理想郷、「終北の国」と「東海の神山」も、そうした説話のスタイルによって記されたものである。これによれば、終北の国は、世界の北の果て（終北）にあり、周囲を高い山に取り囲まれている。こうして極北に位置するにもかかわらず、気候は温暖で住みやすく、住民は、国の中央にある「壺領《こりょう》」の山から沸き出る神秘な水を飲むだけで無病息災、誰も彼も百まで長生きする。支配者はいないし、労働の必要もない。人々はみな気立てがよくて、もめごとをおこさず、ただのんびりと遊んで暮らし、生活をエンジョイするとされる。

この終北の国は、明らかに山の彼方に設定される理想郷、「山のユートピア」である。支配・被支配の関係の撤廃、労働の否定、長生願望の実現。現実の世界で、人は、権力者に泣かされ働きづめに働き、過労で頓死するのがオチだ。終北の理想郷は、そうした不本意な現実をくるりと逆転させたものにほかならない。まさに見果てぬ夢の結晶である。

かたや「東海の神山」のほうは終北の国に比べ、はるかにゴージャスである。東海のかなた、世界中の水が注ぎ込まれる帰墟《ききょ》の深海に、岱輿《たいよ》・員嶠《えんきょう》・方壺《ほうこ》・瀛州《えいしゅう》・蓬莱《ほうらい》と呼ばれる五つの神山が浮かんでいる。これらの山には壮麗な金殿玉楼が立ち並び、美しい珠玉の樹が群生している。住民はみな玉樹の実を食べて不老不死となった仙人であり、空を飛び、五つの山を往来しながら楽しく暮らしている。つまりこの東海の神山は、先の「終北の国」が山のユートピアであるのに対して、海の彼方に設定される理想郷、「海のユートピア」なのである。

ただし、東海の神山は、永遠の楽園たる終北の国と異なり、この「海のユートピア」東海の理想郷にはアクシデントがおこる。すなわち先にあげた五つの神山のうち岱輿と員嶠が流失、沈没してしまうのだ。

すでに明らかなように、この事故のあと、残った三つの山、すなわち方壺・瀛州・蓬莱こそ、不死願望にとりつかれた秦の始皇帝が大枚投じて、方士《ほうし》の徐福《じょふく》を団長とする大船団を派遣し、その所在を探索させた、かの「東海の三神山」である。

こうして『列子』描くところの山と海、二種の理想郷のうち、海の理想郷「東海の三神山」のほうは、探索に費用がかかりすぎるせいか、以後の理想郷探検史において廃れてしまった。始皇帝以後の皇帝たちは、ミニチュアの理想郷たる豪華な庭園を造営し、大きな池に三つの築山を浮かばせて三神山に見立てたのだ。漢の武帝しかり、隋の煬帝《ようだい》しかりである。自らの庭園それじたいを理想郷、すなわち不老不死の仙人の住む世界に見立てようとする庭園幻想は、ずっと時代が下った、かの清の西太后まで受け継がれる。西太后が、巨費を投じて修築した離宮頤和《いわ》園の中心部分に位置するのは、「昆明湖」と呼ばれる湖である。この「昆明湖」は堤によって三つの部分に分割され、それぞれ中央には人工の島が築かれている。これぞまさしく、古代の皇帝以来の伝統的な庭園構想のパターンを踏まえた、「東海の三神山」のミニチュアにほかならない。

このように海の彼方の理想郷が、皇帝たちの庭園構想もしくは庭園幻想のなかに組み込まれていったのに対し、山の彼方の理想郷のほうは、現世的な身分や階層を問わず、肉体を不老不死のものと化すことに成功し、仙人となった人々の住む「仙境」として想定され、中国的理想郷の主流となってゆく。もっともこの場合も、トポスとしての仙境に対する関心よりも、仙境の住人つまり仙人となる資格を、いかにして獲得するかが、主要な関心事となるケースが多い。

たとえば、前漢の劉向《りゅうきょう》（前七九〜前八）の作とされる『列仙伝』には、松の実や茯苓《ぶくりょう》などの植物性の仙薬を、長期間服用した結果、肉体を不老不死のものへと純化することに成功した、七十余人の仙人の伝記が収められている。これらの仙人のなかには、むろん伝説上または歴史上の有名人もいるけれども、その大部分は、名もなき庶民の出である。彼らの現実社会の身分はいたって低く、馬医者、薬売り、鏡磨き、草履売り、産婆などを業とし、なかには乞食までいる。

修業の結果、仙人となったこれらの人々は、永遠の若さを保って何百年もの間、地上の世界を彷徨したあげく、最終的にこの世とは次元を異にする仙界に到達するとされる。だが、この場合でも、彼らが到達した仙界のイメージが具体的に描かれる例は、ほとんどない。

全然ないというわけではなく、たとえば『列仙伝』のなかに、仙人ならぬ凡人の邗子《かんし》という人物が、偶然、山の洞窟をくぐりぬけ、宮殿のそびえたつ仙界にたどりついたという話がある。これは、仙境が山の彼方の理想郷であることを、端的に示す例だといえよう。しかしながら、奇妙なことに、ここで邗子が偶然、訪れた世界において、とっくに死んだ彼の女房が、魚を洗う仕事についていたとされる。だとすれば、この仙界は、死者を収容する冥界（冥土）とほとんど区別がつかないことになる。

ちなみに、もう少し時代が下った六朝時代になると、山東省の泰山《たいざん》の奥に「泰山地獄」と呼ばれる冥界があるとされ、さらに時代が下った南宋以降は、これがそっくり南に移って、四川省の酆都《ほうと》郊外の山奥の「酆都地獄」となる。いずれにせよ、冥界もまた山の彼方に設定される点では、仙界と変わりはない。冥界という異界は、中国ではすべて山の彼方にイメージされるのだ。先にあげた『列子』の邗子のケースは、いまだ仙界と冥界の境界がはっきりせず、異界として混同されていた時期の痕跡を示すものであろう。

それはさておき、道家的神仙思想が大流行した六朝時代になると、仙人になるための実践理論を説く葛洪《かっこう》著『抱朴子《ほうぼくし》』が書かれるなど、仙人修業への関心はますます高まりを見せる。『抱朴子』の著者葛洪（二八三〜三四三）は、仙人修業のメニューをこなし、首尾よく仙人になった実例として、九十余人の仙人の伝記集『神仙伝』を著している。

先の『列仙伝』において、仙人は誰でもなろうと思えばなれる身近な存在として描かれていた。これに対して、約四百年後に書かれた『神仙伝』になると、仙人のエリート化ともいうべき傾向がつよくなる。エリート化といっても、現世的な出身階層が高くなったということではない。『神仙伝』に登場する仙人もまた、小役人や召使いなど、現世的な身分の低い者が多い。もともと著者の葛洪は、「しかるべき人でないかぎり、高い身分や豊かな富は仙人修業の邪魔になる」とし、仙人になるための機会そのものは、万人に共通だと明言している。ただ、『神仙伝』にとりあげられた仙人は、複雑な手続きときびしい試練を経てはじめて、仙人になることができた選ばれた人々として描かれており、それがすなわち仙人のエリート化ということなのである。

葛洪は、神仙思想の実践理論を説く『抱朴子』において、仙人になるためには、まず第一に鉱性の仙薬「金丹《きんたん》」の服用が必須の条件だとしている。『列仙伝』にしばしば見られるような、植物性の仙薬を服用しているだけでは、不老長生は得られても不死の段階に到達することはできない、というのである。葛洪はまた、「金丹」の作り方をマスターするためには、すぐれた師匠につき、試練に耐えて修業を積まねばならないと述べる。さらにまた、葛洪は、こうして修業を積んでも、誰もが「金丹」を得て昇天、仙界に到達できるわけではないとし、仙人を三つのランクに分けたりしている。すなわち、みごとに昇天する「天仙」、昇天はできないが数百年も地上に留まり生き続ける「地仙」、いったん仮死状態となったのち再生する「尸解仙《しかい》」が、これにあたる。

こうした仙人理論を踏まえて著された『神仙伝』には、いかにして登場人物たちが、仙人になるための修業の過程をクリアしたかに、焦点を絞った話が多い。その委曲を尽くした叙述方法は、先行する『列仙伝』と比べ、はるかに巧妙だが、ここでもやはり仙界それ自体の位相についての言及は、きわめて乏しいと言わざるをえない。

このなかで注目に値するのは、かの「壺中天《こちゅうてん》」の話だ。小役人の費長房《ひちょうぼう》が、薬売りに伴われ、薬売りの壺公（実は仙人）が、商いをする場所の軒下にぶらさげている小さな壺のなかに入ったところ、そこに宮殿楼閣がそびえたつ仙界が広がっていたというものである。

この壺中天の話と、先にあげた『列仙伝』の邗子の話には、二つの共通点がある。第一にあげられるのは、費長房は小さな壺の口を通過して壺中の仙界に到達し、邗子はせまい洞窟を通過して山のかなたの仙界に到達するという具合に、両者とも、人間世界と仙界の境界に位置する装置（洞窟や壺の口）を通過している点である。

付言すれば、こうしてせまい壺の口や洞窟をくぐりぬけた向こう側に、仙界のみならず、異界を設定する発想のヴァリエーションは、その後、しばしば中国古典小説に出現する。たとえば、「邯《かん》鄲《たん》の夢」の成語のもととなった唐代伝奇小説の「枕中記《ちんちゅうき》」（沈既済《しんきせい》作）において、主人公の盧生《ろせい》は仙人の呂洞賓《りょどうひん》に導かれて、青磁の枕の穴の中に広がる世界に入り、すべての願望が充足する経験をしたとされるし、やはり唐代伝奇の「南柯《なんか》太守伝」（李公佐《りこうさ》作）において、主人公の淳于芬《じゅんうふん》は、庭の槐《えんじゅ》の木の穴の奥に広がる「槐安《かいあん》国」（実はアリの世界）なる国で、やはり人生の転変をつぶさに味わったとされるのは、その顕著な例であろう。

さらにまた、「壺中天」との関連でいえば、宋代話本小説（もともとは講釈師の語った話）のひとつ「西山一窟記《せいざんいっくつき》」――これは登場人物のほとんどが幽霊という奇怪な話である――は、最後にハゲ頭の道士（道教の僧侶）が登場し、術を使って幽霊どもを小さな瓢箪の口から中へ吸い込んでしまうという結末になっている。この瓢箪はふつうの人間にとっては単なる瓢箪に過ぎないが、幽霊にとっては「酆都の地獄」になるというのだ。「酆都」とは先にあげたあの冥界の地獄装置である。こうしてみると、壺の中の世界は、反転して理想郷の仙界ともつながるし、これとは逆に地獄ともつながることになる。いずれにせよ、先にも少しくふれたように、中国の二つの異界すなわち仙界

（天国）と地獄は文字どおり紙一重、トポス的にみた場合、ほとんど区別がつかないことになるのである。

話がわき道にそれた。『列仙伝』の邗子の話と『神仙伝』に見える壺中天の共通性に話をもどそう。この両者とも、人間世界との境界に設けられた装置（洞窟や壺の口）を通過し、仙界に到達したとされるのに続き、今ひとつの目立った共通点は、邗子も費長房も仙界の住人つまり仙人ではなく、俗界からの偶然の訪問者だということである。当然といえば当然のことながら、現実と次元を異にする仙界は、仙人ならぬ俗人の視線にさらされたときに始めて、その貌をかいま見せるのだ。

以後、仙界をテーマとした物語のほとんどは、上記の二点を踏まえ、「仙界訪問譚」のスタイルで作られてゆく。その意味では、葛洪よりほぼ九十年後に生を受けた、陶淵明（三六五～四二七）が著した「桃花源記《とうかげんのき》」は、まぎれもなくこうした仙界訪問譚のヴァリエーションだといえよう。一人の漁師が舟で谷川をさかのぼってゆくうち、桃の花が咲き乱れる林に行き当たる。林は川の水源で終わり、そこに一つの山があった。山には小さな洞窟があり、そこからほのかに光が射しているように見えたので、すぐさま舟を乗り捨て、洞窟の口から中へ入っていった。洞窟の中は初めはとてもせまかったが、どんどん奥へ進んで行くと、突然目の前がからりと開け、のどかな田園風景があらわれた。ここは五百年も前から代々、外界と没交渉ですごして来た人々の住む隠れ里、別世界だったのだ。こうした物語的な展開からは明らかに、仙界訪問者の役割を振り当てられた漁師が、境界のせまい洞窟をくぐって、仙界に相当する桃花源に到達したというコンセプトを、よみとることができる。

この「桃花源」の物語こそ、『列子』の「終北」以来、中国人の意識の深層で生き続ける、山の彼方の理想郷への憧憬を、練り上げられた仙界訪問譚のスタイルを応用しつつ、みごとに具象化したものといえよう。

以上のように、仙界と陶淵明描くところの桃源郷には、トポス的な同質性がみられるが、実は、この二つの世界は、その時間構造においても、明らかに共通性がある。ふつう仙界の時間の流れは人間世界と比べて、はるかに波長が長くゆるやかだとされる。そうした仙界の時間構造を、端的にあらわす例としてあげられるのは、六朝の梁の時代に任昉《じんぼう》（四六〇〜五〇八）によって編纂された、志怪小説集『述異記』をはじめとする諸書に見える、「爛柯《らんか》説話（腐った斧の話）」である。ちなみに任昉は、陶淵明より約百年後に生を受けている。「爛柯」の話には、さまざまなヴァリエーションがあるが、ほぼ共通して次のように展開される。

王質という樵《きこり》が道に迷い、石室山（浙江省）のアーチ型をした洞窟の中で、棊（碁）に興じる二人の童子（仙人）に出会った。王質はすすめられるまま、棗の核のようなものを食べたところ、空腹感はすっかり消えてしまった。そこで手にもっていた斧を地面において、しばらく彼らの勝負を観戦した。やがて、童子たちにうながされ、ふと我にかえると、傍らの斧の柄がすっかり朽ち果てている。かくして山を下り村に帰ってみると、もはや知る人もない。王質が山のなかで仙人の碁の勝負を見ている間に、なんと下界では何十年もの歳月が流れていたのである。

これは基本的に、竜宮城に行った浦島太郎の話と、同じ構造をもつ話だといえよう。もっとも、王質は山奥で仙人たちと出会い、浦島太郎は海の底の竜宮城に連れて行かれたのだから、そのトポス（位置）は、かたや山かたや海と、明確に異なってはいるけれども。

この「爛柯説話」から見てとれるように、仙人たちの住む世界（仙界）は、人の一生をほんの一瞬とみなすような、おおいなる天地運行の宇宙的リズムに乗って、ゆったりと流れている。仙界の一瞬は、人間世界の何十年、何百年にも相当するのである。この説話の主人公の王質は、仙界の食物を食べたために、人間世界の時間の流れからはみだし、知らず知らずのうちに、ゆるやかな仙界的時間の流れのなかに迷いこんでしまったといえる。

また王質もやはり洞窟のなかで、二人の仙人に出会ったとされており、ここでも、明らかに洞窟が人間世界と仙界の境界をなす装置として作用している。こうして見ると、境界装置の洞窟や穴は、人間世界と仙界の時間速度を切り替えるポイントともなっていることが、わかる。

付言すれば、こうして洞窟や穴が、時間速度切り替えのポイントになるという点では、先にあげた唐代伝奇小説の、枕の穴から異界に入った「枕中記」や、槐の木の穴から別世界に到達した「南柯太守伝」のケースは、いっそうはっきりしている。ただし、これらの作品にあらわされている異界の時間の流れは、ゆるやかな仙界的時間の流れとは反対に、おそろしくテンポがはやい。たとえば「枕中記」の主人公盧生が、枕の中の世界で五十年以上も活躍し、栄光の生涯を送ったにもかかわらず、ふと目が醒めると、眠りこむ前に、茶店の主人が炊きはじめたキビ飯すら炊きあがっていなかったとされる。枕の中に広がる異界の数十年は、現実の人間世界の一瞬にすぎないのである。「南柯太守伝」に描かれる木の穴の中に広がる異界の時間構造もこれに等しい。

「枕中記」や「南柯太守伝」に出現する異界は、ミニチュアの世界にほかならず、ここでは時間の流れもまた急テンポになるのだ。だから、「爛柯説話」的な仙界訪問譚では、人間世界と仙界の境界にある洞窟や穴が、時間の速度をおとすための切り替えのポイントとして設定されているのに対して、「枕中記」や「南柯太守伝」のような異界遍歴譚では、逆に時間速度をあげるポイントとして設定されているともいえよう。

このように、あらわれかたこそ対照的だけれども、その実、「爛柯説話」と「枕中記」および「南柯太守伝」の言わんとすることは、究極的に一致している。すなわち、「爛柯説話」的な仙界訪問譚が、宇宙的なリズムで運行されるマクロコスモスの時間感覚によって、人間的時間を相対化しようとするものだとすれば、「枕中記」は、マクロコスモスを反転させたミクロコスモスの時間感覚によって、栄華も一瞬の夢という具合に、人間的時間を相対化しようとするのである。

では、陶淵明の描く桃源郷の時間構造は、どうなっているのだろうか。この桃源の隠れ里では、秦末の戦乱を避け、先祖が住み着いて以来、住民たちは五百年以上、外界と没交渉で、子々孫々、変化のない穏やかな生活を続けている。代はかわっても、同じリズムで同質の生活が反復されるだけなのだから、実際には五百年以上、時間は流れていないに等しい。だとすれば、桃源郷に流れている時間もまた、「爛柯説話」に見られるような、波長の長くゆるやかな仙界的な時間のヴァリエーションの一つだということになろう。

こうしてみると、陶淵明描くところの桃源の村、桃源郷は、山のかなたの理想郷というトポス的な観点からみても、そこに流れる波長の長い時間構造の観点からみても、仙人たちの住む世界すなわち仙界と同工異曲、同じ土台の上に組み立てられた世界に、ほかならないのである。

仙界にせよ桃源郷にせよ、こうしたかたちで表現される伝統的な中国の理想郷は、進歩も含み、およそ変化というものを拒絶する世界だということは、おおいに注目に値する。考えてみれば、不老不死（Immortal）とは、年老いることも死ぬこともなく、永遠の若さを「保持」しつづけることだ。悠久の自然、悠久の宇宙のリズムを体得し、不変の生命を保った者の住む楽園こそが理想郷だとする、中国的理想郷観の根本にあるのが、道家老荘思想ひいて道教であることは、いうまでもない。その意味で、伝統中国の〝Ideal Land〟は、まさしく〝Taoist paradise〟なのである。

（日文研第九回国際研究集会『歴史における理想郷―東と西』一九九五年一〇月）

桃源郷とシャングリラ

理想郷、ユートピアの意で用いられる「桃源郷」は、東晋の詩人陶淵明が著した「桃花源記」に由来する。これは、同題の詩に前書きとして付された三百字余りの散文なのだが、内容はあらまし以下のとおりである。

東晋の太元年間（三七六〜三七九）、武陵（湖南省）の漁師が谷川を舟でさかのぼるうち、桃の花が咲き乱れる林に行きあたる。さらに舟を進めると、谷川の源で林は尽きて山があらわれた。山には小さな洞窟があり、かすかな光が射している。好奇心に駆られた漁師が洞窟をくぐりぬけると、からりと視野が開け、手入れのゆきとどいた田畑、整った家並み、四方に行き交う道が広がり、穏やかな表情の老若男女が楽しげに往来している。なんとそこは、五百年以上も外部の世界と没交渉の人々が暮らす別天地、隠れ里だったのだ。

人々は漁師を心からもてなしてくれたが、数日後、彼が帰るとき、くれぐれもここのことは他言しないようにと言い含めた。しかし、漁師は処々に目印をつけつつ帰途につき、武陵の城下にたどりつくと、すぐ郡の長官にこの不思議な村のことを報告した。長官は漁師に道案内させようとしたが、いくら目印を頼りに道を探しても見つからなかった。以後、誰も二度と桃花源の村に行くことはできなかったという。

洞窟や穴をくぐりぬけて異界に到達するというのは、中国の仙界訪問譚によくあるパターンであり、この「桃花源記」もこれを踏まえている。ただ、仙界訪問譚の場合、こうしてたまたま仙界へ迷いこんだ者が数日後、現実世界に回帰すると、すでに数十年も歳月が経過していたという、「浦島太郎型」のケースが圧倒的に多い。これに対し、桃花源の村と漁師が回帰した現実世界との間に落差はない。桃花源の村すなわち桃源郷は、現実と地続きのなだらかな空間に設定された異界であり理想郷なのである。このすぐ手にとどくような空間に、五〇〇年もの間、外界と関わりなく、何代にもわたって永久不変・無変化のおだやかな日々をすごす人々が存在しつづけているというわけだ。

一方、やはり理想郷の意味で用いられる「シャングリラ」の場合はどうか。シャングリラはもともと『チップス先生さようなら』で知られる、英国の作家ジェームズ・ヒルトンが一九三三年に刊行した、小説『失われた地平線』に出てくる。それは秘境チベットの雪と氷に閉ざされた高山地帯に、忽然と出現するラマ寺院を中心とする理想郷である。インド・パキスタンの動乱のさなか、小型旅客機で避難しようとした四人の白人がハイジャックされたあげく、なんとかここにたどりつく。

彼ら四人が実地に見聞したこの寺院のありさまは、摩訶不思議なものだった。二〇世紀初頭の英国さながらのモダンな設備がととのった快適な部屋、凝りに凝った高価な調度や骨董品、おびただしい蔵書で埋め尽くされた図書室、珍しい楽譜や楽器のそろった音楽室等々。しかし、ここに住む人々は最長老の大ラマから他の僧侶たちまで、そろって信じられないくらい高齢のようだし、巧みにハープを弾きこなす可憐な中国人少女も実はそうとうな年齢らしい。つまるところ、シャングリラはモダンで快適、かつすこぶる美的な設備や調度に囲まれながら、不老長生の夢を紡ぐ人々の住む空間だったのだ。

四人の白人は快適ではあるものの、脱出を許されないシャングリラにいたたまれず、やがて次々に脱出を試みるが、なんとか現実世界に回帰しえたのは一人だけだった。以後、これまた誰一人シャングリラに到達した者はなかったという。

このシャングリラもまたいちおう現実と地続きの空間にあり、現実世界と時間的落差もないという点では、かの桃源郷と変わりはない。しかし、桃源郷が人をそこはかとなく誘う、桃の花の咲き乱れる水源の彼方にあるとされるのに対し、シャングリラは人を寄せつけない雪と氷に閉ざされた、高山地帯にあるとされる。現実世界となだらかにつながる、のどかな春の夢のような桃源郷と、現実世界から隔絶した、冷たい氷の城のようなシャングリラ。まさに対照的な理想郷の空間設定だといえよう。

さらにまた、桃源郷が現実世界と空間的になだらかにつながりながら、外界との関わりを遮断し、道家老荘思想にもとづく永久不変・無変化をこととするのに対し、シャングリラは空間的に孤絶しながら、外界との関わりを保ち、最新の設備や情報をぬかりなく導入しつづける。

四世紀末から五世紀初め、中国の詩人が描いた桃源郷の夢と、それから約一五〇〇年もたった二〇世紀前半、英国人作家が描いたシャングリラの夢は、同じく理想郷の夢を描きながら、ずいぶんと様相を異にするものだと、いまさらのごとく驚くほかない。

（『まほら』五五、二〇〇八年四月）

別世界への通路

つい先日、新聞でおもしろい記事をみかけた。地球温暖化防止京都会議に参加しているフランス人の男性が、御所を見学中、井戸に転落、誰も気づかなかったために、井戸の底から助けを求めつづけ、五時間後にようやく救出されたというものだ。この井戸の深さは六メートル、幸い水はなかったとのこと。水があれば、大変な事故になったかも知れず、おもしろがってなどいられないところだった。

それにしても、真っ暗な井戸の底に長時間、閉じ込められていたとき、この人はいったい何を考えていたのだろうか。脱出を願うあまり、忽然と目前に抜け道があらわれ、これをくぐりぬけて地上に浮かび出る幻影に、とらわれることはなかっただろうか。などと、あれこれ想像をたくましくしているうち、私はふと中国の古い物語を思い浮かべた。

中国の物語には、深い井戸や洞窟をくぐりぬけて、別世界（異界）に到達する話がしばしば見られる。一つ例をあげてみよう。ある井戸掘り職人が、雇い主の依頼で井戸を掘ったが、なかなか水が出ない。出るまで掘れと雇い主がいうので、さらにどんどん掘り進めていくうち、地中から犬や鶏の鳴き声が聞こえてくる。不思議に思って見まわすと、井戸の壁にポッカリ横穴があいている。その横穴にもぐりこみ、ずんずん先へ進んだところ、からりと目の前が開け、陽光を浴びた別世界が出現する。美しい花園、カラフルな鳥獣、立ちならぶりっぱな宮殿。そこは不老不死の仙人の住む世界、つまり仙界だったのだ。

井戸掘り職人は仙界の門番に案内され、しばしこの別世界を見学したあと、地上の世界にもどる。その足でさっそく雇い主のもとを訪れたところ、なんと雇い主はとっくの昔にこの世を去り、何代も後の子孫の時代になっていた。井戸掘り職人が、ほんのしばらく仙界に滞在していた間に、地上では長い歳月が経過していたのだ。

これは今から千年あまり前、晩唐の時代に鄭還古《ていかんこ》という人が著した短篇小説集『博異記《はくいき》』にみえる話である。あるいは、御所の井戸に落ちたフランス人男性のように、昔の中国にも深い井戸に落ちた人がおり、その人が絶望のドン底でみた夢をもとに、こんな別世界訪問の物語が作られるようになったのかも知れない。

井戸ならずとも、家具の隙間とか押し入れの奥とか、ほの暗く閉ざされた空間はどこか秘密めかしく、別世界につながる通路がかくされているように思われる。子供のころ、私はよく体をちぢませて、そんな隅っこにもぐりこみ、空想を膨らませて楽しんだものだ。

近ごろの子供は、こんなふうに別世界への夢想を紡いだりはしないのだろうか。最近、子供による恐ろしい事件がめだつ。こうした事件がおこるたび、私はなぜか、彼らの心にブラックホールのような深い穴があり、それがみるみる拡大して、彼らをまるごと飲み込むのが見えるような気がして、つい恐怖にとらわれてしまうのである。

（『京都新聞』夕刊「現代のことば」一九九七年一二月一八日）

老いと仙人

中国の仙人像は「道家的神仙思想」と深い関わりがある。俗世を離脱し大自然と一体化することを理想とする「道家思想」と、不老不死を究極の目的とする「神仙思想」が結びつき、道家的神仙思想となったのは、三世紀から四世紀の魏・晋の時代であった。

しかし、老子とともに道家の祖と目される荘子（前三六九？〜前二八六？）の書に、すでに仙人の話が見えることから、神仙思想と一線を画していたとされる道家思想そのものに、もともと神仙的傾向があったことがわかる。荘子の描く仙人像は以下のとおり。

藐姑射《はこや》の山に神人が住んでいる。その肌は氷や雪のように真っ白で、しなやかな肢体はまるで処女のようである。かの人は五穀を口にせず、風を吸い露を飲み、雲に乗ったり飛翔する龍にまたがったりして、四海の外に遊ぶ。（『荘子』逍遥遊篇）

荘子の描く「神人（仙人）像」は、処女のようにしなやかな肢体をもつ、まさしく「不老不死」

の存在であり、穀物を口にせず、ただ風（大気）と露を摂取して、軽やかに空中飛行する。仙人というと、とてつもない老人を連想するが、中国の仙人は本来、このように不老すなわち永遠の若さを保つ存在だとされ、このイメージは後世も変わらない。さらにまた、ここに見える「藐姑射の仙人」は肉体を純化するために、穀物をいっさい口にしないとされるが、これまた後世の重要な神仙術の一つである「辟穀《へきこく》」の方法にほかならない。

荘子は分裂と混乱の戦国時代を生きた思想家だが、中国全土が統一された秦・漢の時期になっても、秦の始皇帝や前漢の武帝のような皇帝から庶民に至るまで、不老不死を渇望する神仙志向はますます盛んになる一方だった。

それかあらぬか、前漢の学者劉向の作だとされる『列仙伝』には七十人余りの仙人の伝記が収められており、その多くは庶民階層の出身である。彼らの職業は馬医者、薬売り、小役人、酒造り、鏡磨き、草履売り、産婆等々、千差万別であり、なかには乞食稼業の者までいる。仙人になる機会は万人に平等であり、現実社会の身分や階層はまったく無関係なのである。

もっとも、何の試練も経ずに仙人になれるわけもなく、修行を重ねる必要がある。『列仙伝』に登場する仙人の多くは、先にあげた「辟穀」を実践し、穀物の代わりに松の実や茯苓など植物性の仙薬を長期間服用して、徐々に肉体を純化する。この結果、白髪は黒くなり、抜け落ちた歯はまた生えるというふうに、少年もしくは壮年の健やかさを取り戻して、不老長生の身となり、長い場合は数百年もの間、下界で生きつづけたあげく、ついに昇天して仙界へと移動するのである。仙人修行のメニューとしては、辟穀のほか、呼吸術や導引《どういん》（柔軟体操）、房中術などの身体的トレーニングが併用されるケースも多い。

前漢・後漢あわせて四百年つづいた漢王朝が滅亡した後、中国はふたたび乱世状況となり、分裂の魏晋南北朝時代に突入する。魏から東晋にかけて、道家思想と秦・漢以来の神仙志向が結びついて、体系的な道家的神仙思想が形成されたが、その随一の理論家は東晋の葛洪である。その著『抱朴子』は神仙思想の実践理論を説いたものだが、ここにはいくつかの注目すべき見解がみられる。不老不死となり仙界に昇天するためには、鉱物性の仙薬「金丹」の服用が必須の条件であり、先にあげた『列仙伝』の例のように植物性の仙薬だけでは不十分だとしていること。複雑な工程をへて完成する「金丹」の作り方をマスターするためには、すぐれた師匠についてきびしい修行を積まねばならないこと、等々である。『列仙伝』の仙人修行に比べ、格段に手続きが複雑になっているのがみてとれる。仙人になるのも大仕事なのである。

ちなみに、葛洪はこうして体系化した仙人理論を踏まえて、九十人余りの仙人の伝記を収めた『神仙伝』を著している。その委曲を尽くした叙述方法は、先行する『列仙伝』の簡潔そのものの描写に比べれば、上質の短篇小説といってもよいほどだ。ここには多種多様の仙人像が鮮やかに描き分けられ、奇想天外な物語世界が繰り広げられる。

たとえば、七十歳で仙薬を服用して以来、どんどん若くなった西河《せいか》少女という仙女の話など、まさに抱腹絶倒である。漢王朝の使者が西河のほとりを通ったとき、妙齢の美女（西河少女）が老人を鞭うっているのを見かけ、不審に思ってわけをたずねた。すると、彼女が言うには「これは私の息子です。私は仙薬をのんで若返ったので、息子にものめといったのに聞き入れず、こんなに老いぼれてしまいました。それで腹が立ったので折檻しているのです」とのこと。聞けば、少女のような彼女はすでに百三十歳、老いぼれ息子は七十一歳とのことだった。ことほどさように、仙人や仙女は時空を超えて永遠の美と若さを保つ不滅の存在にほかならないのである。

『列仙伝』や『神仙伝』に描かれた仙人物語の系譜は、その後、「杜子春《とししゅん》」などの唐代伝奇小説、元曲（元代の戯曲）、明代の白話短篇小説にめんめんと受け継がれてゆく。これらの作品は、ふつうの人間が仙人になるための通過儀礼の様相を描くことに主眼を置くことが多く、ほとんど神仙物のパターンにまでなっている。しかも、この通過儀礼を受ける仙人候補者は、杜子春がそうであるように、自発的に仙人になろうと志すのではなく、下界を往来する仙人に、本人も自覚していない「仙骨《せんこつ》（仙人になる素質）」を発見されてスカウトされ、仙人修行を課せられるというケースがめだつ。自発的な決意のもとに、理論的にも実践的にも仙人たらんと志した魏・晋の神仙思想家はむろんのこと、この世の軛轢から離脱するために必死で肉体の純化につとめた漢代の庶民仙人に比べても、中国の仙人像は時代が下るとともに、受動的なものと化し、俗化の度合いを強めたといえそうだ。

（『老人・仙人［異邦人のまなざし］第7輯』国際日本文化研究センター、二〇〇九年八月）

II

漢詩の世界　表現のダイナミズム

選ぶ——中国古典詩文の場合

一　『詩経』と『楚辞』

『詩経』　中国では多くの作品のなかから、すぐれた作品を選び出し、これらを分類・編集して、まとまった書物にしあげるという操作が、古くからおこなわれてきた。その嚆矢となったのは、今を去ること約二五〇〇年、儒家思想・儒教の祖孔子（前五五一〜前四七九）が編纂した中国最古の詩歌集『詩経《しきょう》』である。

春秋の乱世に生きた孔子は大勢の弟子を引き連れ、政治的活躍の場を求めて長らく諸国を放浪したあと、七〇歳をすぎたころ、故郷の魯《ろ》にもどり、弟子の教育と著述に専念する日々を送った。もっとも、孔子には「述べて作らず。信じて古《いにしえ》を好む」（『論語』述而《じゅつじ》篇）、すなわち「昔からあることを伝え（祖述し）、新たに創作はしない。なぜなら、古代の文化がすばらしいものだと確信し、心からこれを愛しているからだ」というモットーがあった。このため、自らの思想をストレートに著述することはなく（『論語』は孔子の弟子たちが著した言行録）、過去の作品のなかからすぐれたものを選択し編纂することに情熱を傾けた。こうして、『書経』『礼経』『詩経』『楽経《がくきょう》』『易経《えききょう》』『春秋経』の六種の書物が編まれ、音楽についての規範を述べた『楽経』だけは失われたものの、残る五種の書物は「五経」と称され、伝統中国において永遠の古典として尊重されつづけたのだった。

というわけで、最古の詩歌集『詩経』も「五経」の一つに数えられる権威ある書物なのだが、その実、ここに収められた作品の多くは、恋歌あり怨み節あり、まことにいきいきと古代中国に生きた人々の感情のゆらぎを伝えている。司馬遷著『史記』の「孔子世家《せいか》」によれば、孔子は三〇〇〇余篇の詩歌のなかから三〇五篇を選び、分類・編集して体裁をととのえ、『詩経』を完成させたあと、収録した作品すべてを「弦歌（弦にのせて歌うこと）」できるようにしたとされる。

こうして孔子が編纂した古代歌謡集『詩経』にみえる三〇五篇の作品は、以下の三つの部分に分けて収められている。

「国風《こくふう》」（各地方の歌謡）　一六〇篇
「雅《が》」（周王朝の歌）　「小雅」七四篇
　「大雅」三一篇
「頌《しょう》」（周王朝などの神楽歌）　四〇篇

このうちもっとも注目されるのは、分量的にも全体の半分以上を占める「国風」の部分である。ここには、北方黄河流域の諸国で生まれた読み人知らずの歌謡（民謡）一六〇篇が、十五の国別（地域別）に収められている。十五のうちわけは、周南（周のまちにちなむ歌）、召南（召のまちにちなむ歌）、邶《はい》風（邶の国の歌、以下同じ）、鄘《よう》風、衛風、王風、鄭風、斉風、魏風、唐風、秦風、陳風、檜《かい》風、曹風、豳《ひん》風である。

形式的にみれば、『詩経』の歌謡は、「国風」であれ「雅」であれ「頌」であれ、もっとも素朴な一行四言のスタイルをとるのが原則である。一つ例をあげてみよう。人口に膾炙する「桃夭《とうよう》」（周南）の第一章はこう歌われる。

桃之夭夭　桃の夭夭《ようよう》たる
灼灼其華　灼灼《しゃくしゃく》たる其の華《はな》
之子于帰　之《こ》の子《こ》　于《ゆ》き帰《とつ》がば
宜其室家　其の室家に宜《よろ》しからん

これは三章仕立てで、嫁ぎゆく少女を祝福する歌だが、民間歌謡たる「国風」の作品には、総じて男女のさまざまな愛のかたちをテーマにしたものが多く、かなわぬ恋の苦しさをあけすけに歌った作品もまれではない。「山有扶蘇」（鄭風）はその顕著な例である。これも第一章だけあげてみよう。

山有扶蘇　山に扶蘇《ふそ》有り
隰有荷華　隰《さわ》に荷《はす》の華《はな》有り
不見子都　子都《しと》を見ずして
乃見狂且　乃《すなわ》ち狂えるものを見る且《かな》
（訳）山にあるのは扶蘇の木。沢にあるのは荷の花。（なにもかもあるべきところにあるのに）私は恋しい子都さんに会うことができず、気の狂った人に会ってしまったわ。

これは、子都という恋人がしばらく会わずにいるうち、心がわりしたのか、理解できない男に変身してしまったことに、深い衝撃をうけた女の嘆きを歌ったものである。二五〇〇年余り前に作られたとは思えない、微妙な心理のあやを表現した秀逸な恋歌といえよう。

ちなみに、詩が文学ジャンルとして確立されたのは、はるか時代が下った二世紀末から六世紀末の後漢末・三国六朝（魏晋南北朝）時代である。これ以後、十九世紀後半の清末に至るまで、詩はずっと文学の第一ジャンルとして位置づけられてきたが、内容的には、正面きって恋を歌うことはむしろタブー視されつづけた。これに比して、儒教の祖たる孔子が編纂した、詩の起源ともいうべき『詩経』にかくも恋歌が多いということは、なんとも皮肉な現象というべきであろう。

孔子はこの恋歌満載の『詩経』を、「詩三百、一言以《も》って之を蔽《おお》えば、曰く、思い邪《よこしま》無し」（『論語』為政篇）、すなわち、『詩経』に収められた約三〇〇篇の詩の特徴を一言で表現するとすれば、「思い邪無し」、そこに発現する「感情の純粋さ」にあると称賛し、大勢の弟子たちを教育するさいのテキストとして用いたとされる。教師としての孔子が、いかに後世の頭のかたい儒者とは異質な、洒脱な人柄であったか、知れようというものだ。

『楚辞』

それはさておき、『詩経』が先にも述べたとおり、地域的には黄河流域諸国の作品を集めた北の詩歌集であるのに対し、『詩経』が成立してから約二〇〇年後、紀元前三〇〇年ころの戦国時代に成立した『楚辞《そじ》』は、南の詩歌集である。

『楚辞』は、楚の屈原《くつげん》（前三三九？～前二七八）およびその弟子の作品を集めたものとされ、現在伝わるテキストは全十六巻構成となっている。ただし、第十一巻以降は時代の下った漢代の作品である。

南の大国楚（湖北省）の王族だった屈原は当初、楚政権の重任を担い、活発な政治活動をおこなった。しかし、みるみる勢いを強めた北の超大国、秦に対抗すべきだと主戦論を堅持したことに加え、潔癖で非妥協的な性格もわざわいして同僚に憎まれ、誹謗・中傷されたあげく、江南（長江下流域）に流刑され、紀元前二七八年、汨羅《べきら》の淵（湖南省東北部）に身を投げて、自ら命を断つに至る。

『楚辞』に収められた十六巻のうち、「離騒」「九歌」「天問」「九章」「遠遊」「卜居《ぼくきょ》」「漁父《ぎょほ》」の七巻は古来、屈原の自作だとされているが、真偽のほどは定かでない。一説によれば、『楚辞』は、秦に圧迫され滅びゆく楚の国の人々の共同幻想を表現した民謡や神楽歌を土台にし、これを悲劇の詩人屈原のイメージと重ねて成立したものだという。ちなみに、屈原の伝記と符合する要素が織り込まれている「離騒」は、流刑に処せられた作者が憤激し、自分の無実を天帝に訴えるべく昇天して、天上世界を遍歴するという趣旨の大長篇詩（合計三四七句）である。

いま試みに、「離騒」において、作者が天界遍歴に出発するくだりをあげてみよう。

朝発軔於蒼梧兮　朝に軔《とめぎ》を蒼梧《そうご》に発し
夕余至乎県圃　夕べに余《われ》は県圃に至る
欲少留此霊瑣兮　少《しばら》く此の霊瑣《れいき》に留まらんと欲するに
日忽忽其将暮　日は忽忽として其れ将《まさ》に暮れんとす

（訳）朝に（伝説の聖天子舜を葬る）蒼梧の野で車の止め木をはずして出発し、夕べに私は（崑崙山の上空にある）県圃の神山に到着した。しばしこの聖なる宮門で休息したいと思ったが、日もそろそろ暮れかけてきた。

この部分だけみても、先にあげた『詩経』に普遍的な一行四言の詩型との相違は歴然であろう。みてのとおり、『楚辞』の詩型はより複雑な一行六言を基調とし、リズムを整えるためのノンセンスの助字（置き字）、「兮《けい》」を多用するケースが多い。この差異は、『詩経』の作品が本来、歌唱されるものであったのに対して、『楚辞』の作品は朗誦されたことに由来すると思われる。表現技法についても、素朴単純な『詩経』に比べれば、『楚辞』のほうがはるかに複雑かつ巧緻になっているのがみてとれる。

中国古代の詩歌集はこうして北の歌を選び集めた『詩経』から、南の歌を選び集めた『楚辞』へと、内容・表現ともに大きく変化しながら受けつがれていった。しかし、その後、はるか時代が下った六世紀前半の梁代に編纂された『文選《もんぜん》』の成立まで、特筆すべき文学作品のアンソロジーは見いだせない。

二 『文選』成立まで

『楚辞』が成立した紀元前三〇〇年ころから『文選』が成立した六世紀前半に至るまで、なんと約八〇〇年の時間が流れているが、この間、中国の文学状況はじりじりと変化を重ねた。五〇〇年余りつづいた春秋戦国の大乱世に終止符をうった秦(前二二一~前二〇六)の短い全土統一をへて、紀元前三世紀末に成立した漢王朝は、前漢(前二〇二~後八)と後漢(二五~二二〇)をあわせ、約四〇〇年つづいた。

漢代に文学ジャンルの主流を占めたのは「賦《ふ》」である。賦は『楚辞』の影響を受けて生まれた一種の韻文であり、もともとは宮殿・庭園・都市など、巨大な空間を言葉を連ねて、壮麗に描写し尽くそうとする表現形式である。要は、典型的な饒舌体にほかならない。前漢王朝成立後、この表現形式は皇帝に仕える宮廷文人によって練りあげられ、武帝の宮廷文人だった司馬相如《しばしょうじょ》（前一七九～前一一七）に至り、完成の域に達した。前漢において高度なレベルに到達した賦は、後漢に入ってからも文学の主要ジャンルを占めつづけるが、時間の経過とともに、全体的な傾向としては、しだいに活力を失い、作品のスケールも小さくなってゆく。

衰弱しはじめた賦のジャンルにかわり、新たに浮かびあがってきたのが、「五言詩」のジャンルである。五言詩の起源は、紀元前一世紀の前漢末から後漢初めに出現したとおぼしい、民間歌謡「楽府《がふ》」に求められる。古代の民間歌謡集『詩経』の命脈をはるかに受けつぐ漢代の「楽府」には、『詩経』の素朴かつ単調な四言のリズムに比べて、ずっと起伏に富む五言のリズムに乗せながら、ドラマティックな世界を歌いつづる劇詩、あるいは物語詩が多い。

二世紀後半の後漢末、群雄割拠の乱世の兆しがあらわれはじめたころ、この長らく民間で歌いつがれてきた五言の詩型が、賦にかわる新しい表現形式を求める知識人階層の注目を浴び、本格的にとりあげられるようになる。作者不明の「古詩十九首」と呼ばれる一群の詩篇がその最初の成果である。「古詩十九首」のほとんどは、愛する者との別離の悲しみ、人生無常の嘆き、死の恐怖などをテーマとする悲歌にほかならない。

文学状況の前面に躍り出た五言詩のジャンルを大きく発展させる契機になったのは、かの「三国志」の英雄曹操（一五五～二二〇）の存在である。すぐれた詩人の資質をもつ曹操はこの新興の文学ジャンル、五言詩にいちはやく着目し、戦いのあいまに即興で詩作、管弦に合わせて歌わせたとされる。

曹操が率先してとりあげた五言詩のジャンルは、彼のもとに集まった「建安七子《けんあんしちし》（孔融・陳琳《ちんりん》・王粲《おうさん》・徐幹・阮瑀《げんう》・応瑒《おうとう》・劉楨《りゅうてい》）」を中心とする文人グループや、ともに文学的才能に恵まれた息子の曹丕《そうひ》（一八七〜二二六）・曹植（一九二〜二三二）らの手で、より精錬され成熟の度を深めてゆく。ちなみに、「建安」は後漢最後の皇帝、献帝《けんてい》のときの年号（一九六〜二二〇）である。これら建安の詩人たちの五言詩は、後世「建安の骨」と称賛されるように、情念の高まりを骨気太く歌いあげる点で共通するが、とりわけ杜甫以前、中国最大の詩人と目される曹植の緊迫感あふれる歌いぶりには、群を抜くものがある。たとえば、「雑詩六首」（其二）の冒頭四句は次のように歌いだされる。

転蓬離本根　転蓬《てんぽう》　本根を離れ
飄颻随長風　飄颻《ひょうよう》として長風に随《したが》う
何意迴飆挙　何ぞ意《おも》わん　迴飆《かいひょう》の挙がり
吹我入雲中　我を吹きて雲中に入れんとは

（訳）転びゆく蓬はもとの根を離れ、ひらひらと遠く吹く風のまにまに漂う。だが、思いがけないことにつむじ風が巻き起こり、私（蓬を指す）を雲中高く吹き上げてしまった。

転蓬のダイナミックな運動を描くこの歌い出しはスピード感にあふれ、ただならぬ詩的世界の開示を予感させるものといえよう。

　こうして曹操に始まり曹植を頂点とする建安の詩人によって、新たな生命を得た五言詩は以後、三国六朝時代を通じ、漢代の賦にかわって、文学の主要ジャンルの地位を占めるようになる。

　三国六朝の文学状況には、五言詩の隆盛に加え、今ひとつ特記すべき点がある。曹操の長男曹丕が著した文学評論『典論《てんろん》』「論文」にみられる、「文章は経国の大業にして不朽の盛事なり」という宣言が端的に示しているように、文章表現すなわち文学に関わることが、自立した行為として高く評価され、こうした認識にもとづいて、きわめて自覚的な方法意識と形式への配慮をもって、詩文の制作にとりくむ人々がふえたことである。この結果、散文では極度に技巧を凝らした美文形式、「四六駢儷体《しろくべんれいたい》（四字句と六字句を基調とし、駢儷すなわち対句を多用する文体）」が全盛をきわめる一方、死者を哀悼する文章、歴史論、上表文、書簡等々、表現ジャンルをきめこまかく分類・区別し、各ジャンルごとに文体を使いわける高度なテクニックも発達した。六世紀前半の梁代に成立した詩文の大アンソロジー（総集）『文選』は、こうした六朝の文学状況のなかから生まれたものにほかならない。

三　『文選』――古今詩文の精華集

『文選』　日本の平安文学にも多大な影響を与えた『文選』の名目上の編者は、南朝梁（五〇二～五五七）の昭明太子蕭統《しょうとう》（五〇一～五三一）だが、実際には彼の文学サロンに集まった文人たちの共同作業によって編纂されたものだと考えられる。中国古典文学理論の金字塔ともいうべき『文心雕龍《ぶんしんちょうりゅう》』の著者劉勰《りゅうきょう》も、この編者グループに加わっていた可能性が高い。

『文選』は紀元前五世紀の東周時代から、編者たちにとっての現代である六世紀前半の梁代に至るまで、約一〇〇〇年のすぐれた詩文を選び集めた総集である。『詩経』は聖なる書物「五経」の一つだから選択の対象にならないが（孔子の弟子の子夏が著したとされる「毛詩序」は収録）、本稿で論及した『楚辞』の「離騒」をはじめ、漢代の賦の名作、漢代楽府の秀作、古詩十九首、曹操・曹植を筆頭とする建安詩人の代表作は、すべて収録されている。

先にも述べたとおり、ジャンル意識の高まりを踏まえて編纂された『文選』（全三〇巻）は、トータルにして一三〇人、八〇〇篇に達するほどの作品を、三七種（一説では三八種）のジャンルに分類して収録している。そのうちわけは以下のとおり。

賦・詩・騒・七・詔《しょう》・冊《さく》・令・教・策文・表・上書・啓・弾事・牋《せん》・奏記・書・檄《げき》・対問《たいもん》・設

論・辞・序・頌・賛・符命・史論・史述賛・論・連珠《れんじゅ》・箴《しん》・銘・誄《るい》・哀・碑文・墓誌・行状・弔文《ちょうぶん》・祭文《さいぶん》

あまりに細やかな分類なので、一つ一つについての説明は省略するが、詩についてみると、これがまた以下のごとく、二三種に分類されている。

補亡・述徳・勧励《かんれい》・献詩・公讌《こうえん》・祖餞《そせん》・詠史・百一・遊仙・招隠・反招隠・遊覧・詠懐・哀傷・贈答・行旅《こうりょ》・軍戎《ぐんじゅう》・郊廟《こうびょう》・楽府・挽歌・雑歌・雑詩・雑擬《ざつぎ》

一見して明らかなように、これは詩のテーマおよび表現内容による分類であり、古代の詩歌集『詩経』「国風」の素朴な地域別の分類とはまったく様相を異にする。ちなみに、形式的にみれば、時代の趨勢を反映し、五言詩が大半を占める。

収録作品は、編者代表の昭明太子蕭統が冒頭に付した「文選序」において、「事は沈思《ちんし》より出でて、義は翰藻《かんそう》に帰す（表現内容は作者の深い思考から生まれ、それが修辞的に美しい文章によって表現されている）」ことを基準として選択されている。こうした方針のもとに、千年以上にわたる時間帯の名作を遺漏なく網羅的に組み込んでいるところはさすがであり、『文選』編者グループのなみなみならぬ選択眼のよさがうかがえる。この極上の総集『文選』は、微妙な文体の使い分けに苦慮する当時の知識人たちにとって、またとない手本集として大歓迎された側面もあったといえよう。

付言すれば、『文選』以前にも、やはりジャンル別・文体別に詩文を編纂した総集がなかったわけではない。西晋の摯虞《しぐ》（?～三一一）の手になる『文章流別集《りゅうべつ》』や劉宋の劉義慶（四〇三～四四四）の『集林』などがこれに当たる。しかし、これらは『文選』の出現によって駆逐されたとおぼしく、早い時期に亡佚してしまった。のみならず、以後の時代においても、『文選』ほど網羅的で完成度の高い総集はついに出現せず、『文選』は最古・最大・最良の詩文総集として、現在まで受けつがれ、高い評価を受けつづけてきた。『文選』が与えた影響の深さには測り知れないものがあり、後世の別集（個人詩文集）がおおむね『文選』の分類を踏襲する形で編まれているのも、その一端を示すものであろう。

『玉台新詠』

『文選』の編纂された六朝時代はアンソロジーばやりの季節であり、『文選』の成立と踵を接する時期に、南朝陳《ちん》（五五七～五八九）の文人、徐陵《じょりょう》（五〇七～五八三）の手で『玉台新詠《ぎょくだいしんえい》』なる詩のアンソロジーも編まれた。この『玉台新詠』（全一〇巻）には、前漢以前の作者不明の古詩から南朝梁代の詩までが収録されているが、作品総数はテキストによってかなり変動がある（だいたい七〇〇～九〇〇首）。形式的には五言詩が圧倒的多数を占め、内容的には男女の関係性をテーマとする「艶情詩（恋歌）」を集中的に採録している。ちなみに、配列のしかたは基本的に時代順である。というわけで、『玉台新詠』は古代から中世まで、中国の恋歌を総ざらいしたアンソロジーなのだが、三七種の文体を網羅し、古今の名作を選び抜いた大総集『文選』に比べれば、選び方がきわめて内容・形式ともに限定されており、その意味で格段に見劣りするのは否めない事実である。

ただ、『玉台新詠』の編者徐陵は、詩の表現形式・表現技法について関心が深く、同書の第一〇巻に古今の五言四行詩（内容は主として艶情）を集めて収録している。六朝の詩人は時代の経過とともに、詩句の音調（韻律）に配慮するようになり、とりわけ計測のしやすい小詩の分野において、緻密に音調を整えた詩篇を作るようになった。『玉台新詠』第一〇巻は、こうした六朝詩人の五言四行詩を大量に収録する。一つ例をあげてみよう。南朝斉《せい》（四七九〜五〇二）の詩人謝朓《しゃちょう》（四六四〜四九九）の佳篇、「玉階怨」である。

夕殿下珠簾　夕殿《せきでん》　珠簾《しゅれん》を下ろし
流蛍飛復息　流蛍《りゅうけい》　飛びて復《ま》た息《いこ》う
長夜縫羅衣　長夜　羅衣《らい》を縫い
思君此何極　君を思えば此れ何ぞ極まらん

（訳）夕べの御殿には珠のすだれが下ろしてある。外では移りゆく蛍が飛んだり休んだりしている。私は秋の長い夜にうす絹の衣を縫いながら、あなたのことを果てしもなく思いつづけるばかり。

恋人を思う女の心の動きと言葉の音楽性（音調）がもののみごとに一体化した、鮮やかな作品である。緊密な表現技法によって構築されたこの四行詩から唐の絶句（四行詩）へは、まさにあと一歩といってよい。

この謝朓をはじめ、唐詩への架橋となった六朝後期の詩人の作品を多く選択し、詩の表現形式・表現技法の変化の過程をまざまざと映し出した点では、『玉台新詠』の編纂は大いに意味があったというべきであろう。

四　唐詩について

唐代（六一八～九〇七）は、文字どおり詩の黄金時代である。三国六朝時代を通じて文学の主要ジャンルを占めた五言詩は、時の経過とともに成熟し、六朝後期には音調に配慮するほどのレベルに達した。一方、極度の美文形式「四六駢儷体」の隆盛によって、対句技法もますます練りあげられた。こうした流れを受けつぎ、唐詩に至って、中国の古典詩の形式は明確に定まったのである。

まず、詩の形式は今体《きんたい》（近体）詩と古体詩に二分される。両方とも一行五言もしくは七言（まれに六言もあり）で構成されるが、今体詩が厳密な法則を踏まえて作られる定型詩であるのに対し、古体詩は法則に縛られる度合いの少ない比較的自由な形式である。

今体詩のスタイルには、四行詩の絶句（五言絶句・七言絶句）、八行詩の律詩（五言律詩・七言律詩）、一〇行以上の排律《はいりつ》（五言排律・七言排律）の三種がある。これらはいずれも、偶数句の末の字に韻をふむこと（押韻）、平仄《ひょうそく》を合わせること、すなわち、詩句において平音（なだらかな声調）の字と仄音（上がり下がりのはげしい声調）の字を、一定の法則にしたがって配列することが、基本的原則である。さらに、律詩では、第三句と第四句、第五句と第六句に必ず対句を用いなければならない。というと、今体詩はがんじがらめに規則に縛られた、窮屈きわまりないスタイルのようにみえるが、唐代の詩人たちはこの厳密な法則を逆手にとって、音と意味が過不足なく一致した、美的小宇宙を構築することに成功したのだった。ちなみに、古体詩は偶数句に押韻するだけで、句数は不定（いくら長くなってもよい）であり、平仄を合わせる必要もない。このため、形式に縛られず政治的抱負や思いの丈を述べるさいに、詩人たちは好んでこのスタイルを用いた。

ひとくちに唐といっても、なにしろ約三〇〇年にわたる時間帯であり、唐詩もこの間、変遷に変遷を重ねた。唐詩の時代区分と代表詩人は以下のとおり。

初唐（六一八～七〇九）　四傑（王勃《おうぼつ》・楊炯《ようけい》・盧照鄰《ろしょうりん》・駱賓王《らくひんおう》）
盛唐（七一〇～七六五）　杜甫、李白、王維、孟浩然、岑参《しんじん》、高適《こうてき》
中唐（七六六～八三五）　韓愈、賈島《かとう》、白居易、元稹《げんしん》、李賀《りが》
晩唐（八三六～九〇七）　杜牧、李商隠《りしょういん》

このうち、極盛期は「詩聖」と呼ばれる杜甫、「詩仙」と呼ばれる李白が活躍した盛唐である。むろん、盛唐以降も、中唐には「長恨歌《ちょうごんか》」で知られる白居易、「鬼才」と呼ばれる李賀、晩唐には唯美的作風の李商隠、杜牧等々、すぐれた詩人が輩出した。しかし、落陽にさしかかった唐王朝と軌を一にするがごとく、唐詩のジャンルは全体として、徐々にしかし確実に、活力を喪失してゆく。

五　後世の唐詩アンソロジー

『三体詩』　南宋（一一二七〜一二七九）以降、中国古典詩の黄金時代、唐代の詩を学ぶべく、選集が編纂されるようになった。その皮切りになったのは、南宋の周弼《しゅうひつ》が淳祐《じゅんゆう》一〇年（一二五〇）に編纂した『三体詩』である。これは、唐詩のうち、収録対象を七言絶句・七言律詩・五言律詩の三つの詩型に限定した選集であり、トータルで一六七人、四九四首を選定・収録する。『三体詩』の「三体」の意味については諸説あるが、上記の「三つの詩型」を意味するという説が最有力である。

この選集の特徴は、初唐・盛唐の詩人があわせて約二〇人であるのに対し、中唐・晩唐はそれぞれ約六、七〇人と、中唐・晩唐の詩人の作品が圧倒的多数を占めていることだ。この点が、後述のように、明代中期に成立した盛唐中心の『唐詩選』との決定的な差異にほかならない。具体的にみると、『三体詩』は、『唐詩選』に数多く収録されている盛唐の大詩人杜甫および李白の詩は一首も収録しないが、逆に、『唐詩選』に一首も収録されない中唐の白居易や晩唐の杜牧、また、二、三首しか収録されない中唐の賈島や晩唐の李商隠らの詩については、数多く収録しているのである。

これは、この二種類の唐詩アンソロジーの作品選択基準が、まったく異なることを示すものだといえよう。すなわち、『三体詩』は中唐・晩唐に多く作られた艶情詩や日常生活を素材とする、きめこまかな抒情性をもつ作品をよしとし、『唐詩選』は盛唐の主流をなす雄渾・壮大な詩風の作品をよしとして、それぞれ作品を選定しているのである。今、試みに、『三体詩』の編者が偏愛し、『唐詩選』の編者が無視した晩唐の詩人杜牧の作品をあげてみよう。あまりにも有名な七言絶句「江南の春」である。

千里鶯啼緑映紅
水村山郭酒旗風
南朝四百八十寺
多少楼台煙雨中

千里　鶯　啼《な》いて　緑　紅《くれない》に映ず
水村《すいそん》　山郭《さんかく》　酒旗の風
南朝　四百八十寺《しひゃくはっしんじ》
多少の楼台　煙雨の中《うち》

（訳）千里のかなたまでつづく春景色、いたるところで鶯は鳴き、木々の緑と花の紅が照り映える。水辺の村里にも、山ぎわの町にも、酒屋ののぼりが風にはためく。南朝以来のその数、四百八十と称される寺院の群れと、数知れない高楼が、ふりしきる霧雨のなかに朦朧とのぞまれる。

一種、哀愁のこもった平明な抒情性が光る一篇である。一見、さらりと歌い流しているようでありながら、その実、かなり技巧的な歌いぶりであり、なるほど「ますらおぶり」好みの『唐詩選』の編者が忌避しそうな、デカダンスの匂い濃厚な晩唐詩の典型だといえよう。

さて、『三体詩』の選択が中唐・晩唐の詩をはなはだ重視する原因の一つとして考えられるのは、この選集が編纂された南宋末、詩人たちの間で、中唐・晩唐の詩を模範とする風潮が広まったことである。ちなみに、南宋後期は、詩を読んだり作ったりする階層が士大夫《したいふ》のみならず、商人や農村の地主にまで拡大し、詩の大衆化がいっきょに進んだ時期でもあった。『三体詩』は当初からこうした人々に対して、作詩の基準を示す手本集の意味をもつ唐詩選集として編纂され、そのさい、当時、評価が急速にあがった中唐・晩唐の詩を多く採録したものと考えられる。

『三体詩』は成立直後から流行し、モンゴル王朝の元代（一二七九～一三六八）に入ってからも注釈を付した刊本が出回るなど、ひきつづき盛んに読まれたもようだが、しだいに廃れ、明代（一三六八～一六四四）以降はすっかり影が薄れてしまった。これとは対照的に、日本では室町初期から江戸末期まで、何度も翻刻され、長く読みつがれたのだった。

『千家詩』　南宋には、『三体詩』のほか、劉克荘《りゅうこくそう》（一一八七～一二六九）が唐・宋の詩（七言絶句・七言律詩・五言絶句・五言律詩）を選んで収録したとされる、『千家詩《せんかし》』も編纂された。ここに収録された作品には平明なものが多く、『三体詩』よりいっそう啓蒙的である。それもあって、しだいに廃れた『三体詩』とは対照的に、『千家詩』はその後、南宋末から元初において謝枋得《しゃほうとく》（一二二六〜一二八九）が手を加え、さらに時代が下った一六世紀末から一七世紀中頃の明末清初、啓蒙書の編纂者だった王相《おうしょう》が増補したテキスト（計二二六首、一二三人の詩を収録）が成立、清代を通じて、家塾や村塾で初学者向きのテキストとして広く流通したという。

『唐詩選』

『唐詩選』は明代中期、李攀龍《りはんりょう》（一五一四〜一五七〇）が編纂したとされる。もっとも、李攀龍は真の編者ではなく、『唐詩選』は、彼の名を騙った偽書だという説も、喧伝されている。いずれにせよ、この選集が李攀龍の文学的主張にのっとった形で編纂されているのは、まぎれもない事実である。

李攀龍は一六世紀明代を席巻した文学流派、「古文辞派」の有力メンバーであった。古文辞派のメンバーは、「文は必ず秦漢、詩は必ず盛唐」をスローガンにかかげ、詩文の制作は必ずこの特定の時期の古典作品を手本としなければならないと主張、これを実践して、詩壇を制覇したのだった。その主要メンバーは、前七子（李夢陽《りぼうよう》・何景明《かけいめい》・徐禎卿《じょていけい》・康海《こうかい》・王九思《おうきゅうし》・辺貢《へんこう》・王廷相《おうていしょう》）から、後七子（李攀龍・王世貞《おうせいてい》・謝榛《しゃしん》・宗臣《そうしん》・梁有誉《りょうゆうよ》・呉国倫《ごこくりん》・徐中行《じょちゅうこう》）へとバトンタッチされている。

後七子のリーダー格である李攀龍の名のもとに編纂された『唐詩選』の特徴は、古文辞派の主張にそい、先に『三体詩』のくだりで少しくふれたように、雄渾かつ壮大な盛唐詩を重点的に選定し、中唐・晩唐の詩をほとんど無視しているところにある。さらにまた、こうした「ますらおぶり」好みの選定基準により、艶情詩はめめしいとして、ほとんど収録していないのも、めだった傾向である。

『唐詩選』はやはり詩型によって詩を分類・収録しており、そのうちわけは、五言古詩（一四首）、七言古詩（三二首）、五言律詩（六七首）、五言排律（四〇首）、七言排律（四〇首）、七言律詩（七三首）、五言絶句（七四首）、七言絶句（一六五首）であり、収録作品の合計は四六五首、詩人総数は一二八人にのぼる。

盛唐詩の極端な重視は数のうえで歴然とあらわれ、杜甫は五一首、李白は三三首、王維は三一首収録されているのに対し、中唐の白居易と晩唐の杜牧については一首も収録されていない。こうした選定基準の立て方は、唐詩の総集としては、やはりきわめてアンバランスなものだと、いわざるをえないだろう。

もっとも、盛唐詩にかぎってみれば、ここには、李白の傑作「早《つと》に白帝城《はくていじょう》を発す」（七絶）や杜甫の名作「登高《とうこう》」（七律）などを嚆矢として、緊迫度の高い名篇・佳篇は網羅されており、盛唐詩アンソロジーとしては、上々の出来栄えだといってよい。『唐詩選』の基本情調を把握するよすがとして、ここに上記の二首を引用しておく。

早発白帝城　　李白

朝辞白帝彩雲間　　朝《あした》に辞す　白帝　彩雲の間《かん》

千里江陵一日還
両岸猿声啼不住
軽舟已過万重山

千里の江陵　一日に還る
両岸の猿声　啼《な》いて住《とど》まらず
軽舟已《すで》に過ぐ　万重《ばんちょう》の山

登高　杜甫

風急天高猿嘯哀
渚清沙白鳥飛迴
無辺落木蕭蕭下
不尽長江滾滾来
万里悲秋常作客
百年多病独登台
艱難苦恨繁霜鬢
潦倒新停濁酒杯

風は急に天は高くして猿嘯《えんしょう》哀し
渚は清く沙《すな》は白くして鳥飛び迴《めぐ》る
無辺の落木　蕭蕭《しょうしょう》として下《お》ち
不尽の長江　滾滾《こんこん》として来たる
万里　悲秋　常に客と作り
百年　多病　独り台に登る
艱難　苦《はなは》だ恨む　繁霜《はんそう》の鬢《びん》
潦倒《ろうとう》　新たに停《とど》む　濁酒の杯《はい》

一六世紀の明代中期には、『三体詩』や『千家詩』が編まれた南宋よりもさらに詩作の大衆化が進行した。こうした状況のもと、時代や作品を限定し、李白や杜甫を筆頭とする盛唐詩を模倣しさえすればよしとする、古文辞派の簡単明瞭な主張は一般受けし、大いに歓迎された。この主張の実践版として編纂された『唐詩選』は、にわか仕込みの詩人たちが盛唐詩を模倣・模擬するさいの、「手本集」としての役割をも担っていたのである。

六 「選ぶ」姿勢の違い

さしもの威勢を誇った古文辞派も明末に至ると、特定の時代の古典にこだわらず、より自由な発想、より自由な表現を求める袁宏道《えんこうどう》（一五六八〜一六一〇）らを中心とする「公安派」に圧倒されて駆逐され、これとともに『唐詩選』もすっかり廃れてしまった。この状態は現代までつづき、『唐詩選』の刊本などお目にかかったこともないというありさまだ。

唐詩の選集としては、清代中期の乾隆一六年（一七五一）に刊行された蘅塘退士《こうとうたいし》（孫洙《そんしゅ》）編『唐詩三百首』のほうが、はるかにバランスのとれた選択基準によっており、中国では現在に至るまで広く読まれている。ちなみに、この『唐詩三百首』は、塾向け・初心者向けとして流通する『千家詩』のレベルがあまりに低いと嘆いた編者が、一念発起して編纂したものだという。

このように、『唐詩選』は本家本元ではとっくに廃れてしまったのに対し、これを受容した日本では大いに事情を異にする。こちらでは、周知のごとく、江戸の儒者荻生徂徠《おぎゅうそらい》（一六六六〜一七二八）が李攀龍ら古文辞派を高く評価し、弟子の服部南郭《はっとりなんかく》（一六八三〜一七五九）が『唐詩選』に訓点を付けて刊行してこのかた、古典中の古典として尊重され、現在に至るまでその威力は失われていない。これまたなんとも皮肉な逆転現象というべきであろう。

中国の詩文集は、最古の詩歌集『詩経』が孔子教団の教科書として用いられたのを皮切りに、六朝に作られた詩文総集『文選』が多様な文体に習熟するためのテキストの役割を果たしたり、南宋以降の唐詩の選集『三体詩』や『唐詩選』が詩の大衆化時代に見合う手本集として用いられるなど、どうも教育・教養の具として用いられるケースが多いといえそうだ。

こうした現象は、一歌人につき一首の秀歌を選定した日本の「百人一首」が、主としてかるたやすごろくなどの遊戯の世界で用いられるのとは、大いに様相を異にする。祭りや祝宴のおりに、集まった人々が習い覚えた古典詩を踏まえながら、それぞれ詩を作り出来栄えを競い合って楽しむ情景は、『紅楼夢』をはじめとする中国古典小説のなかでも、しばしば目にする。しかし、『三体詩』や『唐詩選』に選ばれた作品じたいを遊戯の具とするような場面の描写には、寡聞にして出会ったことがない。「遊ぶ」という操作の出発点は同じでありながら、中国と日本では、ことほどさように差異があることに、今さらのごとく感じ入るばかりである。

（『百人一首万華鏡』思文閣出版、二〇〇五年一月）

北の中国・南の中国

現在のところ、実在が確認されている最古の王朝である殷《いん》（前一七〇〇頃〜前一一〇〇頃）以来、周《しゅう》（西周、前一一〇〇頃〜前七七一。東周、前七七〇〜前二二一。東周の前半を春秋時代、後半を戦国時代と称する）、秦（前二二一〜前二〇六）、漢（前漢、前二〇二〜後八。後漢、二五〜二二〇）から、三国時代（二二〇〜二六五）を経て、西晋（二六五〜三一六）に至るまで、中国では二千年以上にわたり、基本的に北方が先進地域でありつづけた（ここでいう北方と南方は、長江、もしくはそのやや北を流れる淮水《わいすい》あたりを境目にした、ごく大まかな区分である）。

もっとも、最近、黄河流域を根拠地とする北の文化に対し、長江流域（もしくはそのさらに南）に、非常に古くから南の文化が存在していたことを示す遺跡が、続々と発見されている。今から約三千年前、殷王朝と同時期のものとされる四川省広漢市郊外の三星堆《さんせいたい》遺跡、あるいは、さらに古く今から約五千年前のものと推定される、浙江省杭州市郊外の良渚《りょうしょ》遺跡などが、これにあたる。これらははるか古代の南の文化が、北の文化といかなる関係にあったか、今のところはっきりしたことはわからず、今後の解明が待たれる。

『詩経』と『楚辞』

ミステリアスな最古代はさておき、北の優位が確定した周王朝以降、北の精神、北の感覚を鮮明にあらわす文献といえば、まず『詩経』があげられる。黄河流域を中心とする北の各地に伝わる三百五篇の歌謡を収めた、中国最初の詩集『詩経』は、紀元前五〇〇年頃、周（東周）王朝が名のみの存在と化した春秋時代、儒家の祖の孔子によって編纂されたという。

『詩経』に見られる北の精神、北の感覚とはいかなるものか。恋歌「狡童《こうどう》（いろおとこ）」（鄭風《ていふう》）を例にあげてみよう。この歌は二つのスタンザから成るが、まず第一スタンザで、少女は報われぬ恋の苦しみを、こう歌う。

彼《か》の狡童は
我れと言わず
維《まこと》に子《きみ》の故《ゆえ》に
我れをして餐《さん》する能《あた》わざらしむ

「あのいろおとこは、私と口をきいてくれない。ほんとにあんたのせいで、ごはんも喉をとおらないわ」。

つづく第二スタンザで、つのる思いと苦しみを、少女はこう表現する。

彼の狡童は
我れと食らわず
維に子の故に
我れをして息する能わざらしむ

「あのいろおとこは、私といっしょにごはんも食べてくれない。ほんとにあんたのせいで、息もできないわ」。

ここにあげた「息する能わざらしむ（息もできないわ）」は、「息《いこ》う能わざらしむ（眠ることもできないわ）」と、解釈されるのがふつうである。しかし、漸層的に表現の強度を高める歌いぶりを考慮し、ここではあえてより強調的な前者の解釈をとった。

いずれにせよ、この『詩経』の恋歌において、片恋に悩む少女は、苦しくて「ごはんも喉を通らない」し、「息もできない」と訴える。なんともリアリスティックにして、身体的な苦痛の表現である。この「狡童」の歌に顕著に示されるように、総じて、『詩経』に収められた、古代の北の恋歌には、あくまで現実的で日常の地平を離れないものが多い。

これに対し、古代における南の恋歌の筆頭にあげられる『楚辞』の「九歌」になると、歌われる恋の様相はガラリと一変する。付言すれば、『楚辞』は『詩経』が編纂されてから約二百年後の戦国時代、長江中流域の楚の国に出現した大詩人、屈原の手になる作品のアンソロジーだとされる。

このうち、「九歌」は、民間に伝わる神歌（神に捧げる歌）にもとづく連作歌篇。九人の神々に捧げる九つの歌から成る、「九歌」の第四番目に位置する「湘夫人」は、湘水の女神に捧げる恋歌である。その冒頭の部分で、歌い手（作者）は、湘夫人を恋い求める思いを次のように歌う。

帝子《ていし》　北の渚に下り
目に眇眇《びょうびょう》として　予《われ》をして愁えしむ
嫋嫋《じょうじょう》たる秋風
洞庭《どうてい》　波だちて　木葉落つ

「聖天子の御子である湘夫人（伝説では、湘夫人は聖天子堯の娘。堯から帝位を譲られた舜の妃となり、死後、湘水の女神となったという）が、北の渚に天下られたとのこと。私の目には群を抜いた麗しいお姿が、まざまざと見えるような気がするが、（なにぶん遠く離れていて）実際にお会いできないのが恨めしい。おりしもさわさわと秋風が吹き渡り、洞庭湖の水を波だたせ、木々の葉も散り落ちる」。

これを皮切りとして、水中に、芳醇な香りを発散するとりどりの香草で部屋を作り、念願かなって湘夫人と逢瀬を楽しんだのもつかのま、彼女はあっというまに消え去ってしまったと、シュールな恋の成就と喪失の顚末が夢かうつつか、華麗に展開される。

この「湘夫人」において、見てのとおり、恋の対象は人間ならぬ女神という超越的な存在である。

超越的な存在を対象とする、『楚辞』「九歌」の幻想的な南の恋歌。あくまで日常の地平を離れない『詩経』の現実的な北の恋歌。恋歌一つとっても、古代における北の中国と南の中国の位相の差には、歴然たるものがあるというべきであろう。

しかし、黄河流域に生まれた『詩経』が、素朴で現実的な北の精神・北の感覚をあらわしたものであり、長江流域に生まれた『楚辞』が、華麗で幻想的な南の精神・南の感覚をあらわしたものであると見なすのは、その実、後世の人間の客観的判断にほかならない。というのも、『詩経』の詩人たちや編纂者の孔子にとって、黄河流域こそが「中夏」、すなわち世界の中心と意識されており、北の自覚などまるでなかったのだから。

さらにまた、春秋・戦国の両時代を通じ、中夏意識をもつ北中国の人々にとって最大の脅威は、強国の名をほしいままにした楚に代表される、南の新興国家の北進であり、自らのさらに北に位置する異民族に対する恐怖は、まだそれほど深刻ではなかったとおぼしい。

北の異民族、南の異民族

こうした脅威の図式がすっかり塗り替えられ、南北関係が逆転するのは、戦国末期から秦・漢を経て、しだいに北方異民族の匈奴《きょうど》が勢いを強めるようになってからである。北方の脅威がピークに達し、北は異民族の領土、南は漢民族の領土と、名実ともにはっきり区別されるようになったのは、五世紀初めの南北朝時代であった（これより早く、四世紀初めの西晋滅亡の時点から、実質的に南北分裂時代は始まっているけれども）。

この南北両王朝の楽府《がふ》（民間歌謡）を比較してみると、『詩経』と『楚辞』のそれを思わせる、北と南の顕著な差異が認められる。まず北の歌をみてみよう。題して「敕勒《ちょくろく》の歌」。北朝北斉（五五〇～五七七）の頃、作られたトルコ系敕勒族の歌である。

敕勒の川
陰山《いんざん》の下《もと》
天は穹廬《きゅうろ》に似て
四野を籠蓋《ろうがい》す
天は蒼蒼たり
野は茫茫たり
風吹き草低《た》れて牛羊を見る

「敕勒族の住む草原、陰山山脈の麓。天は大きなテントのように、四方の草原をおおう。天は青々、野原は広々。風が吹くと草がさっとなびき、牛や羊の姿が見える」。

小手先の技巧とはまるで無縁、実に素朴な表現によって、雄大な北の風景が骨太く歌いあげられている。

一方、漢民族の拠る南朝の歌「子夜四時歌《しやしいじか》」で、江南の春はこんなふうに歌われる。

春林　花　多《はなは》だ媚《なまめ》かしく
春鳥　意　多だ哀し
春風　復《ま》た多だ情あり
我が羅裳《らしょう》を吹き開く

「春の林に咲く花はとてもなまめかしく、春の鳥の鳴き声はとても悲しい。春の風も気が多く、私の薄絹のスカートをまきあげる」。

北の風が草をなびかせ、牛や羊の姿をかいま見せるのに対し、南の風は美しい女性の絹のスカートをまきあげる。質実剛健にして雄大な北の歌、エロスの誘惑にあふれた南の歌の差異は一目瞭然であろう。

こうして見ると、どうやら漢民族にかわって北方を支配したバーバラスな異民族のほうが、『詩経』に象徴される素朴でリアルな北の精神を受け継ぎ、彼らに押されて南に移動した漢民族のほうが、南の気風に同化して、華麗で優美な快楽性を強めたといえそうだ。

こうした北と南の気風の差は、女性のイメージの差にもつながる、六世紀末、南北分裂を解消し、中国全土を統一した隋（五八一〜六一七）は、北朝系の王朝である。この隋の初代皇帝文帝の妻、独孤《どくこ》皇后は強烈な性格の持ち主で、夫と対等な関係にあることを断固として主張する、典型的な北朝の女性だった。さらに、隋の滅亡後、創設された唐（六一八〜九〇七）も北朝系の王朝であり、唐の第二代皇帝太宗の後宮から、比類ない政治センスを発揮して、中国史上、唯一の女帝となった則天武后《そくてんぶこう》もまた北朝異民族系の女性であった。

このように、北の女には男性原理の貫徹する社会と正面切って対決し、めいっぱい力を発揮して、自ら権力の高みに駆け登る存在がまま出現するのに対して、南の女の抗い方はより複雑でソフィスティケイトされている。古くは、春秋時代末、呉王夫差《ふさ》を籠絡した南の国越《えつ》の美女西施《せいし》から、隋に滅ぼされた南朝最後の王朝陳《ちん》の皇女陳夫人に至るまで、南の美女には、敵対的存在をエロスの淵に誘い、内側から掘り崩してしまうケースが多い。

ちなみに陳夫人は、独孤皇后の没後、隋の文帝とその息子の第二代皇帝煬帝《ようだい》の双方から愛され、煬帝が父殺しを敢行する原因を作った女性である。これを境に、煬帝は精神のバランスを崩し、隋は加速度的に内部崩壊しはじめたのだから、結果的に陳夫人は自ら手をくださず、亡国の恨みをはらしたことになる。積極果敢な北の気風と、一見、優美な表面の裏に鋭い棘を隠した南の気風の差が、女性の生き方にもくっきり現れているというべきか。

もともと北方異民族系の唐王朝も三百年つづくうちに、原初の北の記憶を喪失し、南の気風を体現する漢民族と完全に同化していった。これ以後も、中国史においては、素朴でバーバラスな北方異民族が南下し、漢民族を抑えて中国を支配するものの、いつしか棘を含んだ南の誘惑に飲み込まれてしまうというパターンが、繰り返される。

北を凌駕する南の文化

四世紀はじめ、北方異民族の侵入によって、北から追われた漢民族が江南に移り、亡命政権東晋王朝を建てたことが契機となり、北は先進地域、南は後進地域という、古代以来のパターンは大きく変化した。以後、南北朝・隋・唐を経て、南の文化は北を圧倒していよいよ発展してゆく。かくて加えて、東晋成立から約八百年後、南の文化的優越を決定的にする歴史的事件がおこる。十二世紀初め、ツングース系の異民族女真《じょしん》（満州族）の建てた金王朝によって北宋王朝（九六〇～一一二七）が滅ぼされたあと、江南へ避難したその一族が、杭州（浙江省）を首都に亡命王朝南宋を建てたのである。せんじつめれば、東晋、南宋と、漢民族が異民族に追われて南遷するたびに、南の文化の成熟度は飛躍的に高まっていったわけだ。歴史の皮肉というべきであろう。

これ以後、明（一三六八～一六四四）から清（一六四四～一九一一）へと時代が下れば下るほど、北の彼方の政治的首都（北京）を度外視して、南の文化的・経済的繁栄にますます拍車がかかる。桑原隲蔵《じつぞう》著「晋室の南渡と南方の開発」（一九一四年）によれば、明の洪武四年（一三七一）から万暦四十四年（一六一六）までの二四六年間に出た、成績優秀な科挙合格者の七割は、南の出身者だという。この一事を以てしても、南の学術・文化のレベルの高さのほどがしのばれよう。ちなみに、前掲の桑原論文は、支那の歴史は一面より観れば、漢族の文化の南進の歴史ともいへる。魏晋以前は支那文化の中枢は北支那に在る。明清時代には南支那に在る。この間判然と鴻溝を劃して居る。魏晋以後の一千年は、正しくこの支那文化の中枢の移動する過渡期である。この過渡の門戸を開いたのが、晋室の南渡である。晋室南渡の最大意義は斯に存することと想ふ。

と、結ばれている。まことに卓見である。

このように東晋以降、南の文化的優越が確定するにつれて、南の視点に立つ人々が描く北のイメージも、徐々に変化してゆく。端的にいえば、北のイメージに、恐怖に満ちた死の影がつきまとうようになるのだ。

そのかみに、秦の始皇帝や前漢の武帝など、比類ない権力を手中に収めた帝王が封禅《ほうぜん》（天を祭る行事）をおこなった聖なる山、泰山《たいざん》（山東省）のイメージ変化は、その最たる例である。この聖なる山は後漢のころから、「泰山、鬼《き》を治む」、すなわち死者の魂を収斂するトポスと意識されるようになる。こうして死の影を帯びるに至った泰山は、漢民族が南に大移動した東晋以降、なんと「泰山地獄」と呼ばれる、おそるべき地獄の所在地と化す。東晋に成立した志怪《しかい》小説集『捜神記《そうじんき》』には、この「泰山地獄」の様相を記した説話がいくつか見える。江南に移住した人々にとって、今や手の届かない北の彼方にある泰山は、ついに死の恐怖を集約する、グロテスクな地獄装置となり果てたのである。

もっとも、北の記憶も薄れた南朝末期になると、『真誥《しんこう》』（梁・陶弘景《とうこうけい》撰）に見えるように、地獄もまた南に移転させ、四川省の酆都《ほうと》山に想定する動きがおこる。この動きは長らく潜伏したのち、十二世紀初め、江南の亡命政権南宋の時代にとつじょ表面化し、語り物などから見るかぎり、中国の地獄の所在地は北の泰山から南の酆都へ完全に移転する。

南の文化が北を凌駕した明代に至るや、これまた物語などに描かれた様相からすれば、酆都はシステマティックに整備され、地獄部門のみならず天国部門をも包含した、大々的な冥土・冥界へと発展を遂げる。前掲の桑原論文の言葉を借りるならば、「南進」をつづけた漢民族は、こうして南の領域に自前で堂々と冥界まで作り上げ、いついかなるときも、精神的・文化的に自立できる構えを固めたといえよう。

（『學鐙』一九九八年一〇月号）

表現のダイナミズム

前漢（前二〇二～後八）・後漢（二五～二二〇）、あわせて四百年つづいた漢王朝が、二世紀末、加速度的に衰退すると、群雄割拠の乱世となる。やがて魏・蜀・呉の三国分立状況を経て、魏を簒奪した西晋が中国全土を統一するものの、これも内乱と北方異民族の侵攻によって短期間に潰え、江南において西晋の命脈を継ぐ亡命王朝東晋が成立するに至る。

「いかに語るか」の重視へ

この混乱と分裂の時間帯において、文学の主要ジャンルとなったのは五言詩だった。前漢から後漢を通じて、主として宮廷文人の手になる長篇の美文、「賦」が文学の主要ジャンルを占めてきたが、後漢末に至り、時代状況が混迷の度を深めるにつれて、文学状況もまた徐々に変化しはじめる。前漢末ごろから、正統文学である賦のジャンルとは別に、楽府と呼ばれる作者不明の民間歌謡が歌い継がれ、また同様に作者不明の五言詩も作られてきた。宮廷文人によって黙殺されつづけてきたこの形式が、後漢末、新しい表現のスタイルを求める文人の注目を浴び、とりあげられるようになる。

この新しい表現形式を率先してとりあげたのは、三国魏の始祖曹操およびその息子の曹植と曹丕、さらには曹操傘下の「建安七子」と呼ばれる文人グループだった。以来、五言詩のジャンルは精錬の度を高め、西晋（二六五〜三一六）に入ると、高度な修辞技術を凝らした作品が作られるようになる。潘岳《はんがく》と陸機《りくき》はその代表格であり、対句・典故・比喩などの表現技法を駆使し、修辞主義の精華ともいうべきすぐれた作品を作りあげた。こうして、「何を語るか」よりも「いかに語るか」を重視する修辞主義的傾向は、東晋（三一七〜四二〇）以降、六世紀後半の南朝末期まで連綿とつづいてゆく。

修辞主義の広がり

一方、文字化されない言論、議論、会話などの言語表現の領域もまた、後漢末以降、ひたすら修辞重視へと向かった文学ジャンルと類似した推移をたどった。

魏末から西晋、東晋にかけて大流行した「清談《せいだん》」の起源は、後漢末、宦官の専横によって腐敗した政局に異議を申立て、レジスタンス運動を展開した、いわゆる清流派知識人の「清議《せいぎ》」にある。清議は主として時事評論、および人物批評の二つの部分から成り、腐敗した政局に対抗して、果敢に論陣を張った。

時代が下り、魏に入ると、曹操政権に参加した清流派知識人の子孫が世襲貴族化して、貴族社会が成立するとともに、清議は当初の現実批判力を失い、清談（哲学談議とひねりのきいた人物批評）

へと変貌する。これ以後、慢性的な政情不安をよそに、魏晋の貴族は華麗なレトリックを駆使する「言葉遊び」に夢中になる。全一一二〇条から成る魏晋の貴族の逸話集『世説新語《せせつしんご》』はそのエッセンスを収めたものだが、ここには、清談で鍛えた『世説新語』の登場人物が、ちょっとした会話や発言においても、言葉のあやにこだわり、機智の閃きを発揮するさまが活写されている。たとえば、次のように。

ある人が、周僕射《しゅうぼくや》（周顗《しゅうぎ》）は親しい友人と冗談を言い、みっともなくてだらしがないと批判した。周顗は言った。「私は万里の長江のようなものだ。どうして千里にひとまがりしないで、いられようか」（『世説新語』任誕篇）

ここに登場する周顗は東晋創業の功臣だが、豪放磊落、斗酒なお辞せず、酒による失敗数知れず、という魅力あふれる人柄で、世間の人気も高かった。この話において、周顗は誇張法を使った言い回しで、批判者を煙に巻き、撃退するのである。

『世説新語』に見られる機智表現の最大の特色は、今あげた周顗に顕著に見られる、会話の相手に対する逆襲性と、ずばりと的を射る簡潔さにある。こうした表現構造を支えるのが、典故の運用、比喩、比較、誇張法などのレトリックである。『世説新語』の登場人物は、これらのレトリックを縦横無尽に駆使して、会話の相手の意表をつき絶句させる。

付言すれば、『世説新語』には、先述した西晋の代表的文人である潘岳と陸機の簡にして要を得た比較論も掲載されている。

孫興公《そんこうこう》（孫綽《そんしゃく》）は言った。「潘岳の文章は浅いけれども清らかであり、陸機の文章は深いけれどもごたごたしている」（文学篇）

評者の東晋の文人孫綽は、才能はあるけれども、人柄に問題があるとされ、『世説新語』の世界では評判のよくない人物である。しかし、この発言は、潘岳の文章は無内容だが、すっきりしており、陸機の文章は深い思想性はあるが、煩雑だとする比較論を、多言を弄さず、すこぶる巧みに展開したものであり、的確にして辛辣きわまりない。

つまるところ、魏晋の時代は文学ジャンルから日常レベルの会話や批判に至るまで、すべて「いかに語るか」を最重視する、修辞主義におおわれた時代にほかならなかった。文学ことに五言詩のジャンルで洗練度を高めた言語感覚、言語表現のありようが、時の経過とともに日常レベルにまで浸透し、裾野を広げていったといえよう。

詩的表現の変遷

魏晋から重視されるようになった詩のジャンルが、内容・形式ともに完成の域に達したのは、ほぼ四百年にわたる魏晋南北朝の分裂の時代が終息し、隋の短い全土統一をはさんで、大王朝唐（六一八～九〇七）がほぼ三百年にわたって中国全土を支配した時期である。

唐詩は、押韻以外は比較的自由な「古体詩」と、押韻はいうまでもなく、平仄をあわせ対句の使用を規定するなど、厳密な法則に則って作られる「今体（近体）詩」の二種に大別される。後者には全四句の「絶句」と全八句の「律詩」などがあり、一句五言（五言絶句・五言律詩など）のほか、一句七言（七言絶句・七言律詩など）で構成されるものがある。

唐詩の黄金時代は盛唐（七一〇～七六五）であり、李白・杜甫など大詩人が輩出した。以後、白居易、韓愈、李賀などを代表とする中唐（七六六～八三五）、李商隠、杜牧などを代表とする晩唐（八三六～九〇七）の詩へと、唐詩の流れは推移する。各人各様とはいえ、唐詩の特徴は、感情の激発を凝縮して表現し、詩的小宇宙を現出させるところにある。

宋代（北宋九六〇～一一二七、南宋一一二七～一二七九）の詩になると、形式じたいは唐詩を踏襲するとはいえ、詩作者も鑑賞者も急増し、多作型の作者が多くなったためもあり、表現内容において、独自の展開を示すようになる。細々とした身辺や日常を寸描した詩篇も多く作られ、濃厚・華麗な唐詩に比べて、平淡・平明な風格が宋詩の特徴となる。

宋代以降、元代（一二七九～一三六八）、明代（一三六八～一六四四）、清代（一六四四～一九一一）を経て現代に至るまで、詩のジャンルは脈々と生きつづけた。ときに盛唐詩を称揚する風潮が盛んになることもあったが、全体的な傾向としては宋詩を継承し、詩作者が社会批判から、日常生活のスケッチに至るまで、多種多様なテーマをおりにつけ自在に歌った作品が主流を占める。また、詩作者も鑑賞者もますます増え、多作型の詩人もいっそう多くなる。

ちなみに、宋代では、陸游《りくゆう》（一一二五～一二〇九）のように、愛猫のために、

塩を裹《つつ》みて迎え得たり　小さき狸奴《りど》
尽《ことごと》く護る　山房《さんぼう》万巻の書
慚愧《ざんさ》す　家は貧しくして　勲《いさお》に策《むく》ゆること薄く
寒きにも氈《せん》の坐する無く　食に魚《うお》無し

（訳）塩をお礼につつんで、小さな猫を迎え入れたところ、書斎をうずめる万巻の書をすべて（ネズミから）守ってくれた。恥ずかしいのは、貧しくて手柄に十分報いられず、寒くても座らせる毛氈もなく、食事に魚もつけてやれないこと。


と歌い（「猫に贈る」）、大事な蔵書をネズミの害から守ってくれる猫の健気さを称える詩人もあらわれる。こうして日常のさりげない情景や事象に着目する詩篇が数多く作られ、すぐれた作品も続々と登場した。

こうした動きは、その後ますます盛んになり、時代が下り、清代中期の大文人袁枚《えんばい》（一七一六～一七九七）に至っては、老眼鏡をテーマに、「眼鏡を嘲《あざけ》る」「眼鏡を頌《たた》う」という二首の五言律詩ま

で作った。前者は老眼鏡をかけはじめたころの作品であり、

眼光　原《もと》と自《おの》ずから在るに
争《いか》でか鏡《きょう》に仗《よ》りて能を為さん
（訳）目はもともと自然にそなわっているものなのに、どうして鏡《レンズ》によって見なくてはならないのか。

と不平満々、そのわずらわしさを嘆くが、老眼鏡に慣れた三年後の後者では、

今生《こんじょう》　留盼《りゅうはん》の処
敢《あ》えて君と同《とも》にせざらんや
（訳）今生で、ものをじっと見る場合は、いつも必ず君といっしょだね。

と、一転してその便利さを称えるなど、いかにも日常感覚あふれる詩篇というほかない。

表現のダイナミズム

もともと作者不明の民間歌謡だった詩形式は、後漢末に至って新しい表現形式として脚光をあび、やがて修辞重視の風潮のもとで精度を高め、こうした言語表現のありようが、日常のレベルにまで

浸透して、人々の言語感覚を恒常的に磨きあげてゆく。こうして培われた土壌の上に、唐代に至るや、詩形式は内容、表現ともに飛躍的に発展し、詩的小宇宙を構築するに至る。これをうけ、以後の時代の詩人は既定の表現技法を自家薬籠中のものとし、まるで日記を書くように、日常の一齣《ひとこま》をテーマに大量の詩を作りだすようになる。

　ことを詩形式にかぎってみても、中国の言語表現は以上見てきたように、凝縮された抽象化となだらかな日常化を繰り返しながら、長い道のりを歩んできた。まさに表現のダイナミズムというべきであろう。

（『世界思想』41号、二〇一四年四月）

漢詩と季節感覚――俳句への影響を考える

俳句は漢詩の影響を受けて成立したとされるが、本当にそうだろうか。俳句は季語を用いるのが必須の条件だが、漢詩にはそんな条件はないなど、表面的には両者の間にはかなり差異が認められる。

そもそも、中国では古来、詩を分類するとき、春夏秋冬といった季節で分ける習慣はない。しかし、十一世紀の初めの平安時代、藤原公任が編纂した『和漢朗詠集』は、春夏秋冬の季節や雪・花など自然の風物ごとに、和歌と漢詩を並べて収める構成をとる。これは、日本人にとって平安の昔から、韻文と季節がいかに分かちがたく結び付いているかを示す、絶好の例だといえよう。

もっとも、中国の詩に季語を使う約束事がなく、季節によって詩篇を分類する習慣もないとはいえ、『詩経』このかた作られて来た想像を絶する膨大な詩篇のほとんどが、春夏秋冬、四季おりおりの情景を織り込みながら、その詩的世界を展開しているのは、まぎれもない事実である。

春を舞台にした名詩として、人口に膾炙するのは、なんといっても、「詩聖」と呼ばれる、唐の大詩人杜甫の「春望」であろう。

国破れて山河在り
城春にして草木深し
時に感じては花にも涙を濺《そそ》ぎ
別れを恨んでは鳥にも心を驚かす
烽火　三月に連なり
家書　万金に抵《あた》る
白頭　掻けば更に短く
渾《す》べて簪《しん》に勝《た》えざらんと欲す

八世紀中頃、安禄山の乱によって、唐の首都長安は陥落した。この作品は、戦乱によって荒廃した長安にも春はめぐり来り、人の世の混乱と悲しみをよそに、自然の生命力がみずみずしく蘇るさまを、鮮烈に浮き彫りにしたものである。

春や秋と比べて、夏を背景とした作品はきわめて少ない。佳篇として思いつくのは、白楽天の「香山寺に暑を避く」くらいだ。

六月　灘声《たんせい》　猛雨の如し
香山の楼北　暢師《ちょうし》の房《ぼう》
夜深《ふ》け　起ちて闌干に凭《よ》りて立てば
耳に満つる潺湲《せんかん》　面に満つる涼

「六月の早瀬が猛雨のように聞こえて来る。香山寺の高楼の北側にある暢禅師の僧房で、夜更けに起き上がり、手すりにもたれていると、耳いっぱいに流れの音が響き、顔一面に涼しさが漂う」。

この作品は、猛暑の中でひんやりした別天地に身を置く快感を、歌ったものである。当然のことながら、夏の暑さそれ自体は、詩情をかきたてる対象にはならないのだ。

これに対して、秋を舞台に作られた詩はそれこそ枚挙に暇《いとま》がない。なかでも、李白の「子夜呉歌」は古今の名作といえる。

長安　一片の月
万戸　衣を擣《う》つ声
秋風　吹き尽くさず
総《すべ》て是れ玉関の情《じょう》
何《いず》れの日にか　胡虜《こりょ》を平らげて

良人　遠征を罷《や》めん

月光のもと、長安の家々から響き渡る「きぬた」の音。きぬたを打つ女性の辺境守備にあたる夫への思いは、秋風も吹き消すことはできない。李白は、夫を思う女性の熱い思いを、リズミカルなきぬたの音に乗せて、ダイナミックに歌い上げる。与謝蕪村の〈遠近をちこちとうつきぬた哉〉は、この詩からヒントを得て作られたものであろう。

さて、最後に冬を舞台とする名詩を一首あげてみよう。柳宗元の「江雪」。

千山　鳥の飛ぶこと絶え
万径　人の蹤《あと》　滅《き》ゆ
孤舟　蓑笠《さりゅう》の翁
独り釣る　寒江の雪

一面の雪景色、雪の川にポツンと浮かぶ舟、釣り竿を垂れる蓑笠姿の老人。まさに静謐そのもの、水墨画の世界である。

冒頭で述べたように、中国の詩は季語の使用を必須の条件としないが、いま瞥見したとおり、濃厚な季節感覚を踏まえて作られたものがはなはだ多い。鋭敏な季節感覚を身上とする俳句が、こうした漢詩の作風から多大な影響を受けたことは、推測に難くない。というふうに、漢詩と俳句の血縁関係の深さを思いつつ、私は折につけ芭蕉や蕪村の句集を開き、声を出して読んでみるのである。

（『俳句研究』「俳句とわたし」二〇〇二年二月号）

Ⅲ

中国の人と文化　点描

孔子のタフな生き方に学ぶ

『論語』（全二十篇）は、儒家思想・儒教の祖、孔子（前五五一～前四七九）およびその弟子たちの言行録である。むろん、もっとも多く記されているのは孔子の言行であり、孔子と弟子たちの対話が大部分を占める。大いなる古典『論語』が弾んだ躍動感にあふれているのは、孔子の独白や講義の記録ではなく、それぞれ個性あふれる弟子たちとの対話の臨場感に満ちた記録であるためだといえよう。

春秋時代の乱世、魯《ろ》（山東省）に生まれた孔子は貧窮のなかで成長し、苦労して学問を身につけた結果、三十代で優秀な学者と認められ、しだいに弟子もふえた。五十三歳のとき、魯の君主に抜擢登用されて重職につき、宿願である「仁（思いやり）」と「礼（道徳慣習）」を中心とする理想政治を実現しようと努力した。しかし、下剋上の時代風潮に抗することはできず、二年で失脚、魯を去らざるをえない羽目となる。

かくて大勢の弟子とともに十数年にわたり、自分の政治理念を理解してくれる君主を求めて諸国を行脚したが、けっきょく得るところなく、六十八歳で魯に帰国する。これ以後、七十三歳で死去するまで、弟子たちの教育に力をそそぐ一方、儒家思想の核となる五経、すなわち易《えき》、書《しょ》、詩《し》、礼《れい》、春秋《しゅんじゅう》の整理・編纂につとめた。

孔子は『論語』為政篇において、多事多難であった自分の生涯をふりかえって次のように述懐している。

吾《わ》れ十有五にして学に志し、三十にして立つ。四十にして惑わず。五十にして天命を知る。六十にして耳順《したが》う。七十にして心の欲する所に従って、矩《のり》を踰《こ》えず。

（私は十五歳で学問しようと決心し、三十歳で学問の基礎ができあがった。四十歳のとき、自分の学問や生き方に自信がもてるようになり、五十歳のときには、天から与えられた自分の使命を悟った。六十歳になると、自分と異なる意見を聞いても反発しなくなり、七十歳になると、欲望のままに行動しても、人間としての道をはずれなくなった）

この簡潔な自叙伝からも読みとれるように、孔子は基本的に明朗闊達な人であり、いかなる失敗や挫折にもけっして屈することなく、元気潑剌、たくましく生き抜いた。また、すこぶる鋭敏な現実感覚の持ち主であり、歴史を学ぶときも、「故《ふる》きを温《たず》ねて新しきを知る。以て師と為る可し」（為政篇）、つまり冷えたスープをあたためるように、ホットな視点で過去（歴史）をとらえ、永遠の真理の今日的意味を探ることを重視した。

孔子はこの「温故知新」の方法意識を体得してこそ、人の教師となれると述べているが、彼自身、卓越した教師であり、弟子の教育にあたって最重視したのは自発性だった。

憤《ふん》せずんば啓《けい》せず、悱《ひ》せずんば発《はっ》せず。（述而篇）
（やる気がなければ導かない、あと一歩のところまで達しなければ教えない）
之《これ》を如何《いかん》、之を如何と曰《い》わざる者は、吾れ之を如何ともする末《な》きのみ。（衛霊公篇）
（これをどうしましょう、あれをどうしましょうと尋ねてこない者は、私もどうしようもない）

といった発言は、そうした姿勢を如実に示すものだ。

孔子には七十七人の高弟があったとされ、『論語』にも入れ替わり立ち替わり登場するが、そのうちきわだって印象的な存在といえば、まず顔淵《がんえん》（顔回《がんかい》）と子路《しろ》であろう。顔淵は孔子がもっとも期待した秀才であり、彼が死んだとき、「噫《ああ》、天、予を喪《ほろぼ》せり」（先進篇）と、嘆き悲しんだ。この言葉は孔子が激情の人だったことをものがたっている。

一方、子路はもともと仁侠無頼だったが、孔子と出会って心機一転、熱烈な崇拝者となった経歴の持ち主。この子路に対するときの孔子はユーモアたっぷり、からかいながら、その暴走をやんわりたしなめたりする。たとえば、

暴虎《ぼうこ》馮河《ひょうが》、死して悔い無き者は吾れ与《とも》にせざる也。（述而篇）
（私は虎と素手で闘い、大河を徒歩《かち》渡りするような無謀な勇気をふるい、死んでもかまわないという者とはともに行動しない）

という具合だ。しかし、孔子が不遇の連続で、ふと弱気になったとき、

道行われず、桴《いかだ》に乗りて浮かばん。我れに従う者は其れ由《ゆう》なる与《か》。（公冶長篇）
（私の理想とする道は行われない。いっそ桴に乗って海を渡ろうか。そうなったら、私についてくるのは由（子路）かな）

と語りかける相手もまた子路であった。孔子がいかに剛毅で率直なその人柄をいとおしんでいたか、よくわかる。

孔子はもったいぶったポーズとは無縁な人であり、喜怒哀楽を自然に流露させる健やかな人だった。そんな孔子は、彼に真剣に問いかけ、その教えの真髄を吸収しようとする弟子たちと、余裕あふれるユーモア精神をもって語り合い、自分の理想や考え方をいきいきとした形で伝えようとした。『論語』はこうした孔子と弟子たちの自由な対話の記録にほかならず、そのやりとりの妙味を追体験することが、『論語』読みの最高の楽しみだと思われる。さらにまた、いかなる苦難にも屈する

ことなく、常に明るく積極的だった孔子のタフな生き方こそ、事多き現代に生きる者に比類ない励ましを与えてくれるといえよう。

（『文藝春秋』SPECIAL 二〇一一年四月）

『論語』の読みかた

ここ数年、儒家思想・儒教の祖、孔子の言行録『論語』への関心が高まり、種々の関連書も刊行されているようだ。行くさき不透明でどう生きたらいいのか思い迷うことも多いこの時代において、何か「よすが」となるものを得たいという気分をあらわす現象であろう。

しかし、孔子の言葉をただ神聖な教訓として受け入れるだけでは、『論語』のなかに生き生きと躍動する孔子の思想や感受性を読みとって、はるかな時の流れを超え、共感をもって「今、ここ」に生かすこともできないと思われる。

強靭にして明朗闊達な孔子はいかなる失敗や挫折にもまったく屈することなく、ユーモア感覚たっぷり、顔回や子路をはじめ多様な個性をもつ弟子たちと心弾む問答や自由な対話を交わしながら、たくましく生き抜いた。弟子たちの手になる『論語』には、そんな孔子の姿が臨場感ゆたかにあらわされている。

たとえば、やんちゃな高弟の子路がある人に孔子の人柄を聞かれて返答に窮したことがあり、これを知った孔子は次のように言う。

女《なんじ》奚《なん》ぞ曰《い》わざる、其《そ》の人と為《な》りや、憤りを発して食を忘れ、楽しんで以って憂いを忘れ、老いの将《まさ》に至らんとするを知らざるのみと。（述而篇）

（おまえ、なぜ言わなかったのか。興奮すると食事も忘れるが、楽しむときは憂いを忘れ、老いが迫るのにもきづかない人だと）

老いもなんのその、生涯現役だった孔子の明快にして弾んだ心のリズムが伝わってくる言葉である。

仏文学者の桑原武夫先生の手になる『論語』の注釈書は、この孔子あるいは『論語』の世界と時を超えて交感し、その神髄を浮かびあがらせた名著にほかならない（『論語』筑摩書房、一九七四年。ちくま文庫、一九八五年）。私は四十年近く前にこの注釈のお手伝いをしたが、大いなるすこやかさにあふれた孔子と桑原先生の希有の出会いを目の当たりにした感動は、今も深く心に刻みつけられている。

たとえば、孔子の言葉「温故知新（故きを温ねて新しきを知る）」（為政篇）をとりあげ、桑原先生はこう述べている。

伝統を墨守するのではなく、永遠の真理の今日的意味をさぐる。そうした知的訓練を重ねることによってのみ、目前の複雑で混沌とした、しかし私たちにとってもっとも切実な現実を鋭くまた筋道をたててとらえることができる、[以下、略]

今、『論語』を読むことの意味を的確に表現した至言といえよう。

(『京都新聞』「こころの森」二〇一〇年一〇月一九日)

稷下の学士

今を去ること二千数百年、中国の戦国時代、斉の国に世にも稀なる知的共同体が存在した。この共同体のパトロンになったのは、学問好きだった斉の威王(前三五七〜前三二〇在位)である。威王は全国から学者を集め、首都臨淄《りんし》(山東省)の稷《しょく》門の外に作った学者村に住まわせた。ここに住む学者たちは「稷下の学士」と呼ばれ、広大な住居と豊富な生活費を支給されて、自由にのびのびと著述や議論にふける日々を送った。まさに夢のような生活である。こうした稷下の学士は最盛期には千人にもなったという。

学問重視・学者優待の方針は、威王の息子宣王（前三一九～前三〇一在位）、宣王の息子湣王《びん》（前三〇〇～前二八四在位）へと受け継がれる。この間、稷下に集った学者はまさに多士済々、孟子や荀子のような儒家をはじめ、道家、墨家、陰陽家、兵法家等々、ありとあらゆる種類の思想家がそろっていた。稷下の知的共同体は、「諸子百家」が火花を散らして議論を戦わせながら共存し、それぞれの思想体系を確立してゆく舞台だったのである。

変り種の多い稷下の学士のなかでも、淳于髡《じゅんうこん》と孫臏《そんぴん》はとりわけ異彩を放っている。淳于髡は少年のころ、親の借金のかたに奴隷にされたが（名前の「髡」はもともと頭髪を剃り落とす刑罰を指し、転じて奴隷を意味する）、後年、博学多識と能弁によって有名になる。彼は珍奇な醜男だったが、隠語（なぞなぞ）を駆使する巧みな弁舌によって、享楽的な威王をたしなめたり、外交使節として腕を発揮するなど、大活躍した。系統だった学問のない淳于髡がここまで成長したのは、稷下で受けた知的刺激によるところ大だといえよう。

ずばぬけた兵法家の孫臏は、彼の才能に嫉妬するライバルの差し金で両足切断の刑を受けた。斉に脱出後、将軍の田忌《でんき》が厚遇してくれたが、田忌は無類の競馬好きだった。当時の競馬は三回勝負である。そこで孫臏は田忌に必勝の計を授けた。馬には上中下の等級があるから、まず田忌の下級の馬を相手の上級の馬に当たらせる（一敗だ）。ついで上級の馬を相手の中級の馬に当たらせる（一勝だ）。最後に中級の馬を相手の下級の馬に当たらせる（これで二勝だ）。こうして田忌は二勝一敗となり、勝負ありとなるわけだ。全勝を狙わないところが、なんとも心憎い戦略である。感心した田忌は孫臏を威王に推薦し、孫臏は斉の大軍師として名をあげる。この孫臏の兵法も稷下暮らしで磨きをかけられたものである。

淳于髡と孫臏は斉のために貢献したが、大多数の稷下の学士はしばしば稷下で自由な日々を過ごした後、それぞれの道を求めて立ち去って行った。こうして稷下の知的共同体は澱むことなく、生き生きと躍動しつづけたのである。

（『京都新聞』「ソフィア」二〇〇五年四月二四日）

『史記』世界の女たち

司馬遷《しばせん》（前一四五～前八六？）が著した『史記』百三十巻には、以後の『漢書』をはじめとする正史と、異なる点がある。

第一に、『史記』が太古の時代から前漢の武帝の時代までの歴史を描いた、「通史」であること。これは他の正史が一王朝の歴史を描く「断代史」であることと、決定的に異なる。

第二にあげられるのは、分類上の基準の差異である。たとえば『史記』では、各時代の権力者をとりあげた「本紀《ほんぎ》」のジャンルと、特徴的な生き方をした個人の伝記を収めた「列伝」のジャンルの間に、主として諸侯の系譜を記した「世家《せいか》」のジャンルが設けられている。この「世家」のジャンルは、『漢書』以降の正史ではカットされ、皇帝以外の人物の伝記はすべて「列伝」に収められることになる。ちなみに『漢書』以降、「本紀」に記載されるのは、実際の皇帝に限られる。だが『史記』は、皇帝にはならなかったものの、実質的に皇帝同然の力を有した項羽《こうう》と呂后《りょこう》の二人もまた、「本紀」に記載している。

こうした『史記』独特の分類法は、皇帝と他の人物の間に劃然と線を引くスタティックな他の正史とは異なり、力がぶつかりあう混沌たる歴史のダイナミズムを具現するものといえよう。

この二つの大きな差異のほか、通史としての『史記』には、以後の正史と異なる点がもう一つある。それは『漢書』以降、正史に必ず設定される「后妃《こうひ》伝」、つまり皇后や夫人の伝記が欠けていることである。とはいえ、『史記』はけっして女性の存在に対して冷淡なわけではない。ここには恐るべき女、悲劇の美女、けなげな女など、さまざまな特記すべき女の貌が、男たちの葛藤する世界の裂け目に、鮮烈なタッチで活写されている。

『史記』描くところの、もっとも恐るべき女性といえば、なんといっても呂后にほかならない。先にもふれたように、司馬遷は、この漢王朝の創設者、高祖劉邦《りゅうほう》の皇后、呂后の伝記を「本紀」に繰り入れ、彼女の存在の大きさを明確に認定している。

高祖のいわゆる糟糠の妻だった呂后は、夫の高祖が王朝創設者の業ともいうべき異常な猜疑心にとらわれ、創業の功臣を次々に粛清していったとき、自らもまた悪の衝動を爆発させ、そのまたとないパートナーとなった。しかし、呂后が残酷な共犯者として、有能さを発揮すればするほど、皮肉なことに高祖の心は離れ、若く美貌の愛姫戚《せき》夫人へと傾斜した。この結果、それぞれの息子を後継の座につけるべく、呂后と戚夫人ははげしいデッドヒートを繰り広げることになったが、けっきょくは重臣をこぞって味方につけた呂后の勝利に終わる。まもなく高祖が他界すると、呂后の戚夫人に対するすさまじい報復が開始された。『史記』「呂后本紀」は、高祖の死後、絶大な権力をにぎった呂后がいかに猛威をふるったか、実になまなましく描き出しており、読む者を慄然とさせずにはおかない。

しかしながら、司馬遷は末尾に加えた評において、なるほど悪のパトスにみちあふれた猛女呂后は専横の限りを尽くしたけれども、「その政治的行為は後宮の外に出ることなく、天下は安泰であった。刑罰の行われることはまれで、罪人は少なく、民衆は農業にはげみ、生活はますます豊かになっていった」と、書き添えることを忘れない。宮中奥深くで、呂后が猛威をふるい重臣たちを縮みあがらせている隙に、秦末の戦乱で疲弊した社会全体は、休息し活力を取り戻したというのである。異常な権力欲をもつ恐るべき女がもたらした奇妙な平穏。「呂后本紀」は、そんな不思議な権力の構図をみごとに描きあげている。

こうして克明に記述される呂后とは対照的に、『史記』には、ほんの数行しか言及されないにもかかわらず、強烈なイメージを喚起する女の姿もある。高祖劉邦のライバル項羽の愛姫虞美人《ぐびじん》がそうだ。垓下《がいか》で劉邦の漢軍に包囲され、「四面楚歌」の危機に陥った項羽は、虞美人と最後の酒を酌み交わしながら、「垓下の歌」を作り、「虞や虞や、若《なんじ》を奈何《いかん》せん」と歌った。唱和する虞美人の声を耳にしたとき、項羽の頰にハラハラと涙が流れたと、『史記』「項羽本紀」は記す。虞美人に関する記述はこれだけであり、彼女がどんな容貌の女性であったか、どんな性格の人であったか、何ひとつ書かれていない。にもかかわらず、悲劇の英雄項羽に愛され、運命をともにした虞美人のイメージは、書かれざる行間の空白から鮮明に浮かびあがってくる。

恐るべき残酷劇のヒロイン呂后とたおやかな悲劇のヒロイン虞美人。『史記』の世界で、高祖劉邦と項羽は対比的に描かれているが、彼らのパートナーの呂后と虞美人もまた、叙述方法からその喚起するイメージまで、くっきりと対比されているのである。

呂后と虞美人は権力の中枢に関わる女たちだが、このほか『史記』の世界でひときわ光彩を放つ女といえば、卓文君《たくぶんくん》をあげないわけにはいかない。いうまでもなく卓文君は、のちに漢の武帝に愛された宮廷文人司馬相如《しばしょうじょ》が不遇だったころ、ご大家の令嬢の身でありながら彼に惚れこみ、敢然と彼のもとに奔った「自由な女」である。手に手をとって駆け落ちした二人はやがて酒場を開き、卓文君が店に出て客の相手をし、司馬相如が犢鼻褌《とくびこん》（ふんどし）一つで茶碗洗いをすることとあいなる。このデモンストレーションが功を奏して、とうとう卓文君の父親も折れたのだった。「司馬相如列伝」描くところの卓文君の姿はけなげにして潑剌、二千年以上の時間差を感じさせない鮮度のよさにあふれている。

呂后、虞美人、卓文君と、司馬遷はそれぞれ自らの意志にもとづき、ユニークな軌跡を描いて生きた女たちの姿を、その位相に応じて描き分け、みごとに現前させた。こうした女たちの存在を点綴することによって、『史記』の世界のヴィヴィッドな現場感覚は、おのずと増幅されているといえよう。

（『ちくま』一九九五年六月号）

中国の正史について

中国で、「正史」という言葉が初めて使われたのは、七世紀初め、唐代（六一八〜九〇七）に入ってからである。こうして唐代以降、他のもろもろの歴史記述と区別して、正史のジャンルが立てられるにつれ、王朝交替のたびに皇帝の勅命によって、前王朝の正史を編纂することが慣例になる。そうしたなかで、はるか昔に著された、『史記』『漢書』『後漢書』『三国志』の四大名著もまた前四史と称され、正史として追認されるに至る。

とはいえ、『史記』など前四史と唐代以降の正史との間には、劃然とした差異がある。前四史はそれぞれ個人が独力で著したものであるのに対し、唐代以降の正史は多数の人間の共同作業によって編纂されたものなのである。著者独自の歴史意識や人間観を濃厚に反映し、それぞれ固有の文体をもつ前四史は、なまじの小説よりもよほど興趣にあふれており、その点では、唐代以降に作られたほとんどの正史は、足元にもおよばない。

前四史のうち、前漢の司馬遷著『史記』(百三十巻)は、太古から前漢の武帝の時代までを描いた「通史」である。司馬遷はこの途方もなく長い時間帯を、各時代の権力者の伝記を連ねる「本紀」、分裂国家の時代における国家間の関係を対照表にした「表」、文化や制度の歴史を記す「書」、主として諸侯の系譜を記す「世家」、特徴的な生き方をした個人の伝記をタイプ別に分類して描く「列伝」の、五つの部分に分けて記述した。こうした記述のスタイルは「紀伝体《きでん》」とよばれ、以後、正史の原型となる。

後漢の班固《はんこ》(三二～九二)著『漢書』も、「世家」をカットするなどの手直しを加えつつも、記述スタイルじたいは『史記』の「紀伝体」を踏襲する。しかし、『漢書』は前漢王朝一代の歴史を描く「断代史」であり、この点において、トータルな「通史」の『史記』と決定的に異なる。ちなみに、これ以降の正史はすべて『漢書』方式、つまり「紀伝体」を用いた断代史のスタイルをとる。

『史記』を起源とする「紀伝体」の特徴は、まず権力者の伝記である「本紀」部分で大状況の変化を提示したうえで、これに、「列伝」部分に登場する各個人の生の軌跡を、少しずつずらせながら、無数に重ねてゆくことによって、具体的かつ多角的に歴史的時間の推移を、映し出そうとするところにある。

多種多様な人間を通して、勃興しやがて滅亡へと向かう一時代の貌を、万華鏡のようにとらえようとする「紀伝体」のスタイルは、西晋の陳寿《ちんじゅ》（二三三〜二九七）著『三国志』と劉宋の范曄《はんよう》（三九八〜四四五）著『後漢書』においても、威力を発揮する。このうち、『後漢書』は後漢の滅亡から約二百年後、それまでに書かれた多くの後漢書を、范曄が炯眼《けいがん》を以て取捨選択して成ったものである。『後漢書』は「列伝」のなかでも、その時代に特徴的な生き方をした人物群をグループ別にとりあげた、「雑伝」部分がことに面白く充実しており、後漢という時代のエートスを鮮やかに映し出している。「雑伝」のなかには、後漢王朝の宿痾ともいうべき宦官の伝記を集めた「宦者伝《かんじゃ》」、世俗の外に生きた隠者の伝記を集めた「逸民伝」、すぐれた女性の伝記を集めた「列女伝」などがある。

また、『後漢書』と『三国志』には交差する時間帯があり、両者を照合したとき、すこぶる興味深いケースが多々ある。たとえば、後漢最後の皇帝たる献帝の伝記(本紀)は、当然のことながら、『三国志』には収録されず、『後漢書』にのみ見える。だから、『後漢書』を見れば、魏の曹丕《そうひ》によって禅譲させられ、山陽公に封じられた献帝は、それから十四年存命し、死後、孫が後継者となったものの、西晋年間、ついにその家系は断絶したことがわかる。私のように『三国志』の好きな者にとって、『後漢書』はことほどさように豊饒な情報の宝庫でもあるのだ。

これほど読みごたえのある傑作でありながら、『後漢書』にはこれまで部分的な邦訳しかなかった。これに対し、最近、岩波書店と汲古書院から踵《きびす》を接して全訳の刊行が始まったことは、快挙というほかない。とりわけ岩波書店版は、吉川忠夫氏の手でみごとな訓読と周到な注釈が施された画期的な訳書であり、著者の范曄も快哉を叫んでいることだろう。

　范曄もそうだが、正史の原型でありハイライトでもある前四史の著者は、そろいもそろって実生活では不幸であった。司馬遷は宮刑に処せられ、班固は反逆罪に問われて獄死、陳寿は祖国蜀を滅ぼした西晋に仕えて悪評を浴び、范曄もまた反逆罪で処刑された。圧倒的な重みをもつ歴史時間とたった一人で向き合い、執念を燃やして記録しつづけた歴史家の業《ごう》というべきであろうか。不幸な歴史家たる彼らが全存在を賭けて刻み込んだ歴史の軌跡は、その書をひもとくとき、いささかも色褪せることなく、「今、ここ」に鮮やかに立ち現れ、読者に深い衝撃を与えずにはおかない。


（『図書』二〇〇二年四月号）

中国人と旅

　広大な中国大陸は、この世のものとも思えない多種多様の絶景・奇景に恵まれ、はるかな昔から多くの文人が、旅への衝迫に憑かれて各地を遍歴し、旅の記録を残している。

　中国最初の大旅行家といえば、まず『史記』を著した歴史家司馬遷に指を屈するだろう。彼は二

○歳のときに都長安を出発、二年余りの歳月をかけて、現在の安徽・江蘇・浙江・湖南・山東・河南などの各省を旅してまわった。この大旅行の過程で、司馬遷は各地にのこる歴史遺跡を調査し、また、古い記録の収集や口頭で伝承されて来た伝説や説話の採取につとめた。これは、まったくプライベートな旅ではあったが、のほほんとした旅じたいを楽しむような質のものではなく、将来、本格的な歴史書を著すための実地検証だったとおぼしい。

これ以後も司馬遷は、紀元前一一一年、三五歳のとき、漢の武帝が派遣した軍隊について、中国南西部の四川省から雲南省を走破し、その翌年には、今度は武帝のお供をして、黄海沿岸（山東省）・遼寧省・内蒙古自治区をへめぐり、北方地帯をも走破している。この二つの旅はいずれも公的な旅であり、自由に各地を遍歴した最初の旅とは、明らかに質が異なる。しかし、司馬遷がこの機会をとらえ、歴史家としての見聞を広げたことは、まずまちがいない。

司馬遷は精力的に中国各地を旅してまわった点では、なるほど中国最初の大旅行家と称されるにふさわしい人だ。しかし、見てのとおり、彼の旅はあくまでも歴史書を著すための実地検証、フィールドワークにほかならなかった。

これに対し、ずっと時代が下った唐の大詩人李白（七〇一～七六二）の旅は、がらりと様相を異にする。李白は蜀（四川省）の豪商の息子だが、若いころから放浪癖があった。四川の名勝を気ままに見物してまわり、これに飽きると山に入って、道士（道教の僧侶）とともに修行にふける。これが、一〇代後半から二〇代前半にかけての、李白の放浪パターンだった。このように大自然との一体化をめざす道教への共感と、やむにやまれぬ放浪癖は、李白の生涯を通じて見られるものである。

蜀の各地を遍歴した後、李白は離郷し、「諸国漫遊」の旅に出る。実は、この当時、商人階層出身者は科挙の受験資格がなく、豪商の息子とはいえ李白も例外ではなかった。だから、李白の諸国漫遊には、旅じたいを楽しもうとする要素と、さまざまな人と知り合い、別のルートで世に出る道を模索しようとする要素が、分かちがたく絡みあっていた。俗世からの超越を願う強烈な隠遁志向と、なんとしても世に出たいという、これまた強烈な出世志向。李白は生涯この両極を揺れ動いた人であった。

故郷の蜀をあとにし、中国大陸を南へ北へ、遍歴を重ねること十八年。七四二年、四二歳のとき、李白はついに玄宗皇帝の側近くに仕える幸運をつかむ。しかし、わがままな李白に宮廷詩人の役がつとまるはずもなく、二年足らずで辞職。道教への傾斜を深める一方、性懲りもなく出世の機会も求めながら、十年余りまたまた放浪と遍歴の日々を送る。

七五六年、李白はおりしも勃発した安禄山の乱の渦中で、玄宗の後継の座を狙う諸王の権力闘争に巻き込まれ、逮捕・流刑の憂き目にあうが、流刑地の夜郎《やろう》（貴州省）に向かう途中、幸いにも大赦により無罪放免となる。その三年後、六二歳で死去するまで、李白は老いをものともせず、またも江南各地を遍歴しつづけた。まさに筋金入りの放浪癖というべきであろう。

先にも少しく述べたように、李白の旅は、名勝をたずね楽しもうとする「物見遊山」的な要素、自然との一体化をめざす道教的隠遁志向、「（就職運動の）ためにする」要素などが、混然一体となった複雑な様相を呈している。しかし、いついかなる時もタフで陽性な李白は、「ためにする」旅も、あっけらかんと快楽の旅に切り替え、放浪じたい旅じたいを楽しんだことは、推測にかたくない。

李白が生きた唐代では、彼ほど精力的に旅する詩人・文人はそう多くなかった。士大夫文人階層のなかで旅が一般化するのは、おそらく南宋（一一二七～一二七九）以降であろう。南宋は統一王朝だった北宋（九六〇～一一二七）がツングース系の女真族の金（一一一五～一二三四）に滅ぼされたあと、江南に成立した亡命王朝（首都は杭州）である。風光明媚な江南に生きた南宋の士大夫文人は、まず公務出張や赴任・帰任の日程をゆったりとって旅を楽しむことから始めて、しだいに純然とプライベートな旅を満喫するようになる。南宋には、そんな旅の一部始終を綿密に記録した旅行記がどっと出現する。陸游の『入蜀記《にゅうしょくき》』、范成大《はんせいだい》の『呉船録《ごせんろく》』はその代表的著作である。

南宋時代に顕著になった士大夫文人の旅行熱は、モンゴル族の元王朝（一二七九～一三六八）の時代の抑圧をくぐりぬけ、明代（一三六八～一六四四）に至るや、爆発する。さらに、十六世紀後半から十七世紀前半の明末になると、旅行熱は士大夫文人階層のみならず、商人や農民など広く全階層を巻き込むようになる。

たとえば、明末の文人張岱《ちょうたい》（一五九七～一六八九？）が五山の一つ、泰山《たいざん》について記した「岱《たい》志《し》」によれば、泰山見物の旅行客用に、一〇〇以上の客室と一〇〇人の従業員をそろえた旅館があり、常時、数千の旅行客を受け入れたというから、その盛況ぶりがうかがえよう。また、旅館には食堂・妓楼・ゲームセンターまで完備していたとのことだから、現代顔負け、とても十六、七世紀中国の話とは思えない。

庶民階層にまで及んだ、明末の爆発的旅行ブームは、士大夫文人の旅狂いをつのらせる一方だった。ちなみに、夏咸淳《かかんじゅん》著『晩明士風与《と》文学』（一九九四年、中国社会科学出版社刊）は、明末文人に顕著な趣味的傾向として、次の七項目をあげる。

（一）食物・お茶・酒へのこだわり
（二）色好み・恋愛重視（男色を含む）
（三）熱狂的な庭園趣味・植物趣味
（四）書画趣味（制作と鑑賞）
（五）芝居・講釈好き
（六）娯楽書（非教養書）好み
（七）旅狂い・山水（自然）探訪癖

これは、不要不急の趣味的生活に熱中し、自らの快楽を追求することに憂き身をやつす明末文人の姿を、端的かつ的確にとらえた指摘だといえよう。

総じて、明末は一種異様な熱気に包まれた時代であった。政治の面では、無能な皇帝がつづき、邪悪な宦官がのさばったため、中央政局は混乱の極に達し、最悪・最低の状態に陥っていた。これとはうらはらに、経済面では、商業が発展して、商人が侮りがたい力をもつようになり、都市が空前の繁栄を遂げるなど、明末社会は空前の盛況を呈するに至る。

こうした状況のもと、従来、「修身・斉家・治国・平天下」を旨とする儒教イデオロギーを実践すべく、科挙に合格し高級官僚となることを至上視して来た、士大夫階層の意識も徐々に変化してゆく。かくして、もっと自由にかつ快適に生きようとする士大夫文人が続出し、彼らのそれぞれの流儀で楽しく生きようとする傾向は、時の経過とともに過激の度を増すばかり。先にあげた、明末文人の趣味項目は、その一端を示すものにほかならない。

明末文人趣味の一角をなす、「旅狂い・山水（自然）探訪癖」は、堅苦しい求道精神とはまったく無縁である。儒教の祖孔子は「知者は水を楽しみ、仁者は山を楽しむ」（『論語』雍也篇）と述べているが、これを嚆矢として、従来の儒教的思考方式に慣らされた人々は、旅をし山水（自然）に浸るさいにも、やれ知だやれ仁（思いやり）だと、そこからなにがしかの教訓を引き出し、旅する自分を正当化するのが常だった。しかし、明末文人は、そうした窮屈な儒教的思考方式をあっさり脱却し、好奇心のおもむくまま、あるいは一人で、あるいは気の合った仲間とともに、思い立ったが吉日とばかりに旅に出かけて、自由自在に歩きまわり、未知の風景にふれた。

こうした明末文人の旅狂い・旅行熱は、一人の前代未聞の旅行家・探検家を生んだ。三十有余年にわたって中国各地の山や川を探検し、地行仙人と異名をとった徐霞客《じょかかく》（一五八六～一六四一）である。徐霞客は科挙にも立身出世にもまるで無関心、興味があるのは旅と探検だけという、「旅する隠者」ともいうべき人物だった。彼は各地の深山幽谷をしらみつぶしに探検し、その詳細な記録『徐霞客遊記』を今に残している。なお、この著述は中国地理学・地質学の原型として、今なお高く評価される。

徐霞客が深山幽谷マニアだったとすれば、ほぼ同時代を生きた張岱はむしろ都市型の旅マニアといえよう。張岱は紹興《しょうこう》（浙江省）の超名門の出身だが、これまた立身出世にはまったく無関心。先述の明末文人趣味のすべてに通暁し、頗る付きの快楽主義者として生きたのち、明が滅亡し満州族の清王朝の時代に入るや、一転して窮乏に耐えつつ、死に至るまで頑強に隠遁生活をつづけた。

明末快楽主義者の代表的存在である張岱は、暇さえあれば小旅行・大旅行に出かけ、深山幽谷にも分け入ったが、どちらかといえば、人がどっと繰り出す雑踏や喧騒を好んだ。彼はすぐれたエッセイストでもあり、先にもあげた泰山の旅館の賑わいや、西湖の畔に立つ市の熱気にあふれた雰囲気を寸描したエッセイはまさに絶品である。

司馬遷のフィールドワークとしての旅から、明末文人の旅行熱に至るまで、「ためにする旅行」から「ためにしない旅（旅じたいを楽しむ旅）」へと、中国人の旅のありようは、時の経過とともにじりじりと変化して来た。

書を捨てよ町に出よ、というわけではないが、私もたまには思い切りのいい明末文人にならって、もろもろの日常的なしがらみをプッツリ断ち切り、「ためにしない旅」に出てみたいものだと思う。

（『まほら』三一、二〇〇二年四月）

中国三千年の食文化

中国の贅沢のポイントは食、庭園、芝居の三つだとされるが、このうち、長い歴史を通じてもっとも重視されて来たのは、食の分野である。

食の贅沢を尽くした最初の人物と記憶されるのは、殷《いん》王朝（前一七〇〇頃～前一一〇〇頃）最後の天子、紂《ちゅう》である。この亡国の天子ははなはだ享楽的であり、寵姫妲己《だっき》とともに「酒池肉林」の楽しみにふけったという。「酒池」は酒を満たした池、「肉林」は、庭園の木々に干し肉をひっかけて作った肉の林を指す。紂はこの「酒池肉林」を設置した離宮の庭園で宴を開き、大量に飲食物を摂取しながら遊び興じた。このとき、紂が重視したのは量の多さであり、けっして質の高さではなかった。池いっぱいの酒はおそらく粗悪なものだったろうし、林をなす干し肉もとうてい美味であったとは思えない。しかし、古代の帝王紂にとって、大量に用意した飲食物を「牛飲馬食」することこそ、贅沢だったのである。

古代の帝王紂に見られる物量一点張りの食の贅沢観念が、大きく転換するのは中世、政治史的には魏晋南北朝（二二〇～五八九）、文化史的には六朝と呼ばれる時代である。短い周期で王朝が交替した不安定なこの時代において、政治・文化の中枢を占めたのは世襲貴族であった。この時期になってはじめて、量より質を重んじる美食志向が顕著になる。

六朝貴族の基盤が確立されたのは西晋（二六五～三一六）の時代である。当時、莫大な富を持ち高い地位を占めた貴族の間で、想像を絶する贅沢競争が繰り広げられた。これが食の分野にもおよび、貴族たちは奇抜な素材や調理法をみつけて競争者に差をつけ、これぞ究極の贅沢と大向こうをうならせることに情熱を傾けた。魏晋の名士の逸話集『世説新語』にはそんな貴族の姿を描いた話がいくつか見える。たとえば、贅沢貴族で有名な王済《おうせい》が乾飯《ほしいい》を燃料にしてご飯を炊くと、やはり贅沢貴族の石崇《せきすう》は負けじと蠟燭でご飯を炊いたというエピソードもその一つだ。

乾飯や蠟燭で炊いたご飯が美味だと思えないが、珍奇な素材や高価な材料を惜しげもなく燃料として消費することこそ贅沢の極みだと、当時の「美食家」は考えたのである。こうした美食家貴族の態度はやや的はずれとはいえ、手のこんだ過程を通じて、「珍味」を得ようとする点では質重視であり、古代の帝王紂の物量作戦とは明らかに異なる。

六朝時代に質重視へと方向転換した中国美食史が、真に美味なるものへの追求へと、さらなる展開を遂げたのは近世、宋代（北宋＝九六〇～一一二七、南宋＝一一二七～一二七九）以降である。宋代には、官吏登用試験の科挙が制度的に完備し、これに合格した進士《しんし》が政治・文化の中核となる。この結果、世襲貴族は消滅し、食文化の担い手もおおむね進士を中心とする知識人士大夫階層へと移行する。ただ、士大夫は基本的に一代限りであるため、財力に限りがあり、無際限な食道楽を尽くすわけにはいかない。限られた資金でいかにして美食を求めるか。ここに美食家士大夫、美食家文人の創意と工夫が始まる。

北宋の大詩人蘇東坡《そとうば》は、こうした美食家文人の元祖ともいうべき存在である。彼は自ら「老饕《ろうとう》」と称したほど、食べることに目がなかった。ちなみに、「饕」はもともと神話的怪獣「饕餮《とうてつ》」を指し、転じて飲食を貪ることを意味する。蘇東坡は若くして科挙に合格したが、官僚間の派閥抗争に巻き込まれ、三度も流刑の憂き目にあった。しかし、楽天的な彼はどこへ行っても楽しく生きる術を見いだし、悠々と逆境を切り抜けた。そんな彼が何より重視したのは食の楽しみだった。器用な蘇東坡は料理が好きで、ありあわせの材料を手間暇かけて調理し、独創的な美食を楽しんだ。豚肉をトロトロ煮込んだ料理（いわゆる東坡肉《トンポーロー》）も、彼の創意によるものである。また、辺鄙な流刑地にいたときも、各地の特産物を満喫し、いかんなく「老饕」ぶりを発揮したとされる。

先にあげた六朝貴族の食文化は財力にものをいわせ、大向こう受けを狙うアイデアの奇抜さが勝負だった。しかし、蘇東坡の場合はお金をかけず、ありふれた素材に工夫を凝らした調理を加え、おいしい料理に仕立てたり、また自分の住んでいる地方の特産物を旬の時期に味わったりというふうに、純粋に食の快楽を追求しつづけた。その意味で、六朝貴族より蘇東坡の方が、はるかに質の高い口腹の喜びを尽くしたといえよう。

士大夫文人の美味追求は以後、明（一三六八〜一六四四）から清（一六四四〜一九一一）へと、過熱の一途をたどる。星の数ほどいる明清の美食家文人のうち、突出した存在といえば、袁枚《えんばい》（一七一六～一七九七）に指を屈する。十八世紀、清代中期の文人、袁枚は若くして科挙に合格したが、早々と三十代なかばで官界から引退したあと、南京郊外の名園「随園《ずいえん》」に住み、自作の詩文を売って生活資金を作りだし、自前で物質的にも精神的にも豊かな生活を謳歌した。食道楽だった彼はおいしい料理を食べたときには、必ずチップを出して料理人から、「食単《しょくたん》」すなわち料理メモをもらい受けた。これをもとに執筆されたのが今に伝わる『随園食単』である、彼が料理人の食単を収集したのは、つねに美味なる食を得るべく、合理的に調理の手順を把握するためだったとおぼしい。このように合理的に美食を追求しようとする傾向は、袁枚のみならず清代中期の美食家に共通するものである。

中国古典小説の最高峰と目される長篇小説『紅楼夢』の作者、曹雪芹《そうせつきん》（？～一七六三）もまた袁枚と同様、十八世紀の清代中期の人である。彼の手になる『紅楼夢』の華麗な物語世界には、衣食住すべての面にわたり、中国的贅沢の真髄が浮き彫りにされている。食については、蘊蓄《うんちく》を傾けて手のこんだ料理の作り方を記した箇所もあり、その語り口には同時代人の袁枚と驚くほど共通性がある。こうしてみると、古代の物量作戦を転換し、奇抜なアイデア勝負ながら質を重視した六朝貴族に始まる中国美食史は、合理的に美味を追求した袁枚や曹雪芹など、清代中期の美食家によって高度な完成の域に達したといえよう。

古代の帝王から、中世の六朝貴族、近世の文人へ。中国の食文化・美食観は時代が推移しその担い手が変わるにつれてじりじりと変化してきた。それにしても、中国の人々の食にそそぐ情熱の凄まじさには桁はずれのものがある。彼らはたくましく生きつづけるエネルギーをかきたてるために、今この時の食の快楽をあくことなく求めつづけ、曹雪芹のように貧窮のどん底にあって現実に求めえないときは、幻想の物語世界でなおも美食のイメージを追求しようとする。三千年あるいは四千年にわたる中国の食の歴史は、幾重にも積みかさなった、無限に深く濃密な「文化」そのものなのである。

（『紫明』一五、二〇〇四年一〇月一〇日）

太湖石と纏足——醜い美しさ

近代以前の中国人の美意識には、ともすればグロテスクなもの、デフォルメされたもの、奇怪なもの、醜悪なものに、美をみいだす傾向がみられる。中国式人工庭園の重要な要素のひとつ、「太《たい》湖石《こせき》」はその最たる例である。

江南の太湖の湖底から出る巨石「太湖石」の表面は、湖水の浸蝕によって、深く刻みこまれた襞《ひだ》で覆われ、ところどころに穴が穿《うが》たれている。奇怪な形状の太湖石はそれじたい、幽邃の自然を内包しているかのように、そびえたつ峰や深く刻まれた渓谷や洞窟を彷彿とさせる。

この太湖石がにわかに注目を浴びたのは九世紀、唐代後期である。この時代、「醜にして雄、醜にして秀」なる太湖石のグロテスクな美に魅了される人びとが続出し、富裕な高級官僚だった牛僧孺《ぎゅうそうじゅ》（七七九～八四七）などは、太湖石への偏愛によって、「嗜石《しせき》（石狂い）」と異名をとるほどだった。以来、清末にいたるまで、醜にして美なる太湖石は、中国式人工庭園に不可欠な素材として珍重されつづけた。この不可思議な巨石は庭園の入り口、くねくねとうねる庭園の小道の傍ら、中心部の池の中央など、人工庭園の要所要所に配置され、限定された庭園空間に大いなる自然を象徴的に現出させる、有効な装置となったのである。

太湖石への偏愛は、つまるところ、自然の悪戯によってデフォルメされた巨石の醜い美しさの発見から、はじまった。しかし、同じくデフォルメといっても、かの「纏足《てんそく》」の場合は、人体をむりやり人工的にデフォルメさせるのだから、なんとも残酷な話だ。

骨が発達しない幼女のころから、足の親指以外の四本の指を内側にねじまげ、布でくくりつける。長期間この操作をつづけると、突起した足の甲の先に、尖った親指の先だけが突出して、ちょうどハイヒールかトゥシューズをはいたような形になる。纏足の完成だ。足をむりに変形させるのだから、その過程ですさまじい激痛を伴うのはいうまでもない。

纏足の奇習は、五代十国時代、長江中・下流域を支配した南唐の君主、李煜《りいく》（九三七～九七八）の宮廷にはじまるという。趣味人李煜が、窅娘《ようじょう》というダンサーの足をちいさく縛って舞わせたところ、まるで天女が空高く舞い上がっていくようだった。これが契機となって纏足が流行しはじめ、宋代以降、二〇世紀はじめの清末まで、千年になんなんとする長きにわたり、中国において女の纏足は制度化されつづけた。この間、纏足嗜好は強まる一方、纏足された小さな足は「金蓮」とよばれ、男たちが珍重する女性美のもっとも重要な要素とみなされるまでになる。

自然の悪戯でデフォルメされた太湖石から、大いなる自然のエッセンスをくみとり、人工的に女の足をデフォルメした纏足に、女性美の真髄をみる。こうした変形嗜好、グロテスク趣味が、是非はさておき、長い歴史をもつ中国の文化的爛熟すなわちデカダンスが育んだ、「鬼子」であることだけはまちがいない。

（『中国の美術』昭和堂、二〇〇三年一〇月）

欲望――その過多と無化

近ごろ、中国人観光客の「爆買い」が話題になることが多い。中国経済にも陰りが見えはじめたというが、スーパーやデパートには、あいかわらず怒濤のように中国人観光客が押し寄せ、これぞ「過剰な欲望の噴出」というものだと、驚嘆させられる。

このような現代中国の風潮は、十六世紀後半から十七世紀前半の明末によく似ている。この時代、政治的には不安定な状況がつづき、混乱と腐敗が深まった。しかし、その反面、商業は著しく発展して、巨万の富を積む商人が続々と誕生し、都市も空前の繁栄を遂げた。白話《はくわ》（話し言葉）大長篇小説『金瓶梅《きんぺいばい》』（全百回）は明末を実際の舞台として、中心人物の新興商人西門慶《せいもんけい》の無限に増殖する欲望の世界を描いたものである。

山東省の薬屋だった西門慶は、素行はわるいが、商才に長けていたため、見る見るうちに頭角をあらわし、若くして地方政界にも顔のきく財産家のボスにのしあがった。西門慶はまた稀代のドンファンでもあり、『金瓶梅』はそのドンファンぶりを前面に出して描きつつ、それと同時進行的に、商人として手を広げ上昇してゆく姿を鮮やかに描きだす。

すなわち、西門慶は潘金蓮《はんきんれん》をはじめ次々に女性と関わると同時に、商売のほうも薬屋、質屋、糸屋の経営に加え、中央政界との繋がりを強めて塩業、回船業等々にまで手を広げるのである。もっとも、明確な商業戦略によるものではなく、単にイモヅル式に膨張しただけだから、根底は至って薄弱だった。このため、西門慶が媚薬の飲み過ぎで頓死すると、膨張した多角経営はまたたくまに破綻し、女性たちも散り散りになり、多くは悲惨な末路をたどる。『金瓶梅』の欲望世界は、こうしてあっけなく終幕を迎えるのである。

一六四四年、満州族の清が漢民族の明を滅ぼし、中国全土を支配すると、明末の欲望噴出は影をひそめ、これとは逆の欲望無化の動きが、ことに江南の士大夫知識人層において顕著になる。彼らは、征服王朝清に膝を屈することを潔しとせず、衣食をきりつめ窮乏生活を送りながら、あくまでも滅び去った明の遺民として、身綺麗に生きようとするのだ。

その一人である林古度《りんこど》（一五八〇〜一六六六）は、七言絶句「金陵冬夜《きんりょうとうや》」でみずからの窮乏ぶりをこう歌っている。

老来 貧困 実《まこと》に嗟《なげ》くに堪えたり
寒気 偏《ひと》えに我が一家に帰す
被《ひ》無ければ 夜眠るに破絮《はじょ》を牽《ひ》く
渾《す》べて孤鶴《こかく》の蘆花《ろか》に入《い》るが如し

（年老いてからの貧乏は、ほんとうに嘆かわしい。寒気はひたすら我が家に集まってくる。かけ布団がないので、夜寝るときはボロ綿を引きよせる。まったくもって、群れを離れた鶴が白い蘆の花のなかに入るようなものだ）

こうして貧乏のどん底で、布団のかわりにボロ綿をひっかぶって寝る自分の姿を、孤鶴が白い蘆のなかに入るようなものだと、洒落のめしながら、彼は二十余年にわたって、頑強に遺民生活をつづけた。爽快というほかない。

孔子は「奢《おご》れば則ち不孫《ふそん》、倹《けん》なれば則ち固《いや》し。其の不孫ならん与《よ》りは寧《むし》ろ固《いや》しかれ（贅沢な暮らしをしていると、不遜になる。きりつめた暮らしをしていると固陋《ころう》になる。不遜であるより、むしろ固陋であれ)」(『論語』述而第七)と言っている。そのとおり、欲望を暴発させ身を滅ぼした西門慶と、固陋すなわち頑なで見識が狭いと見なされても、欲望を無化しすがすがしく生きた林古度を比べれば、つい後者に肩入れしたくなってしまう。

それにしても、中国の人々は昔から欲望過多と欲望無化の両極端を揺れ動く傾向があるように思われる。孔子はまた、「中庸の徳為《た》るや、其れ至れるかな。民鮮《たみすくな》きこと久し(中庸の徳義としての価値は至高のものだ。〔しかし、その徳義をもつ〕人間が乏しくなってから、長い時間がたってしまった)」(同、雍也第六)と慨嘆している。孔子の生きた二千数百年前から、バランスのとれた生きかたをするのは至難の業だったということであろう。

(『文藝春秋』二〇一五年一二月号)

奇人の夢

中国人にはリアリストが多いせいか、古来、夢をテーマにした著述は、めったにない。皆無というわけではなく、奇人・変人が続出した十七世紀の明末清初、黄周星《こうしゅうせい》(一六一一~一六八〇)という人物が、自分のみた夢を克明に記録した夢日記、『夢史』を著した例はある。これは非常に大部なものだったようだが、残念ながら散佚し、今はもう見るすべもない。

この失われた夢日記の作者、黄周星は奇人中の奇人であった。明末、科挙に合格して官吏になったものの、まもなく明は滅亡、満州族の清王朝の時代になった。友人の多くが清に屈服するのを潔しとせず、殺されたり自殺したりするなかで、黄周星は平然と生きのびた。ただし、けっして清王朝に仕えようとはせず、文字どおり赤貧洗うがごとき生活のなかで、詩文や戯曲を著すことに、全エネルギーを注いだ。

黄周星の著述はたいへん人気があり、書くはしから出版されたという。しかし、妥協性がまるでなく、他人と毛筋ほど意見が食い違っても、たちまちカッと逆上し、口をきわめて相手を罵倒したので、至るところで物議をかもし、経済的にもまったく恵まれなかった。

現実にどうしても適応できなかった黄周星は、夢日記を綴るかたわら、「将就園《しょうしゅうえん》」という豪華な庭園を造りあげることに情熱を傾けた。といっても、貧乏な黄周星にそんな庭園を造る資力があるはずはない。彼は、四年もの歳月をかけて、「将就園の記」という文章を著し、そのなかで自分の好みに合った架空庭園を描きだしたのである。そもそも「将就園」とは「将《まさ》に就《な》らんとする園」、すなわち、もうすぐできあがる庭園（今は存在しない庭園）という意味にほかならない。

黄周星の描く架空庭園「将就園」は、人里離れた山奥にあり、山のふもとの洞窟が外界への唯一の通路であった。この設定は、いうまでもなく陶淵明の「桃花源記」に見える、洞窟をくぐりぬけた向こうに広がる桃源郷のイメージを踏まえたものである。

毎日、夢日記を綴り、架空庭園の設計図を描きながら、桃源郷の夢想に浸るなど、非現実の極に身を置いたこの偏屈な大奇人は、死に方もまた尋常一様ではなかった。一六八〇年、何度も河に飛び込んで自殺をはかったが、そのたびに家族に発見されて死にきれず、とうとう絶食してようやく思いを遂げたのである。明王朝が滅亡してから、なんと三十六年後のことだった。

不本意な現実に背を向け、この世ならぬ夢の世界で思う存分遊び戯れたあげく、遅ればせながら、最後にふいと明の滅亡に殉じた友人たちの後を追っていった黄周星。中国の奇人の系譜のなかでも、とびきりすっとんきょうなこの人物が、なぜか私はとても好きだ。

（『日本経済新聞』夕刊「プロムナード」一九九六年四月五日）

Ⅳ

白話小説の物語世界

大いなる物語文学『三国志演義』――結実の過程をたどる

二つの『三国志』

「三国志」というのは、ご承知のように二種類あって、一つは「正史『三国志』」と呼ばれている歴史書の『三国志』で、これは西晋の歴史編纂の職にあった陳寿《ちんじゅ》があらわしたものです。もう一つの『三国志演義（三国演義）』というのは、正史『三国志』をベースにしてフィクショナルな物語世界を構築したもので、十四世紀中ごろの元末・明初に羅貫中《らかんちゅう》（生没年不詳）という不遇の知識人によってあらわされたものです。

こういうふうにいいますと、正史の『三国志』から物語の『三国志演義』までストレートにつながっているようにみえますが、じつはこの両者の間には一〇〇〇年以上の時間差があります。この一〇〇〇年以上の時の流れの中で、語り物や戯曲などさまざまな民間芸能のジャンルにおいて、たくさんの三国志物語がはぐくまれ、語り伝えられ、それが最終的に『三国志演義』という大いなる物語文学として結実する、そういうプロセスをたどったわけです。

正史の『三国志』、また物語の『三国志演義』の中で扱われている時代というのは、簡単にいいますと、二世紀末から三世紀末までのほぼ一〇〇年間です。この間、まず二世紀の終わりごろから、中国では後漢王朝が宦官の専横によって衰え、社会不安が激化します。こういう状況のもとで、道教系の新興宗教、太平道《たいへいどう》の信者を中心とする大反乱、黄巾《こうきん》の乱が起こり、これが引き金になって、群雄割拠の乱世に突入いたします。群雄相互の激しい戦いを経て、結局三人の英雄が勝ち残り、三国分立の時代が到来する。すなわち北中国を支配する曹操の魏、それから益州、現在の四川省あたりを支配する劉備の蜀、そして江南、長江の中・下流域以南を支配する孫権の呉。この三国のうちで圧倒的な優勢を誇ったのは曹操の魏です。後漢末の乱世からこの三国が分立し、やがて次々にその三国が滅亡していくわけですけれども、その滅亡に至るまで、この激動の時代を戦い、生き抜いた英雄や豪傑のドラマを描いたのが――私はじつは歴史も物語ではないかと思っていますが――、歴史書の『三国志』であり、物語文学の『三国志演義』なのです。

民衆世界における三国志物語

では、正史の『三国志』から物語文学の『三国志演義』が成立するまで、一〇〇〇年以上にわたる時の流れのなかで、民衆世界、民間芸能の世界でどのようなかたちで三国志物語が語り伝えられてきたのでしょうか。

あまりに古い時代のことは資料が残っていなくてわかりませんけれども、民衆世界においては九世紀中ごろ晩唐のころ――正史『三国志』が書かれてから五〇〇年以上もたっていますが――そのころにはすでに『三国志』が語り物のかたちで流布していたと思われる形跡がうかがえるのです。少し例をあげてみます。

晩唐の詩人の李商隠《りしょういん》の詩に「驕児《きょうじ》の詩」──驕児というのはやんちゃ坊主とかやんちゃ息子とかいった感じです──という作品があります。その中で李商隠のやんちゃ息子が、家に来たお客さんが張飛みたいな鬚、ちょっとユーモラスな鬚なんですが、そういう鬚を生やしていたと、まねをして、ふざけたというような詩です。張飛とは、いうまでもなく、三国志世界では蜀の劉備の義兄弟として有名な豪傑です。この張飛は、もう一人の義兄弟の関羽、そして彼らのリーダーである劉備とともに、後の『三国志演義』の中心的な存在になります。すでに九世紀中ごろの詩に、小さい子どもまでがその鬚のまねをしていたという文句があるところからみると、劉備、関羽、張飛──なかでも張飛が三国志物語のビッグスターとしてよく知られていたということがわかります。

このほか、晩唐の詩人、杜牧の詩に「赤壁」というのがあります。これは曹操が劉備、孫権の連合軍に破れた赤壁の戦いをテーマにした詩で、これにも、ちょっと正史には見えない物語的な要素が含まれています。こういうものを通じて九世紀中ごろの晩唐には、語り物としての三国志物語がかなり広く流布していたということが十分うかがえるわけです。

ただ、これらはいわば流布していたことをうかがわせる、間接的な資料にほかなりません。しかし、これから二〇〇年ほどたった十一世紀の後半から十二世紀前半、北宋の初めごろ中期以降になりますと、民衆世界の「三国志」、語り物としての「三国志」についての具体的な記述が出てきます。

その代表的なものとして挙げられるのは、一つは蘇東坡のエッセイです。『東坡志林《とうばしりん》』というエッセイ集の中で蘇東坡は、街の子どもがいうことを聞かないで、もてあますと、親は子どもにお金をやって街の講釈、講談を聞きにいってこいという。講談を聞きにいった子どもたちは講釈師が「三国志」の話をして、そして劉備が負けたというくだりになると、ものすごく悔しがり、涙を流す子もいる。ところが、曹操が負けたと聞くと、「やったぜ」といって大喜びをするというようなことを述べています。ですから、この時代にすでに街の子どもたちまで劉備に肩入れをして、曹操のことを憎らしいやつだ、敵役として憎らしいと思っていたことがわかります。

ちなみに、羅貫中の『三国志演義』の基本構想といいますか、物語の核になる構想は二つありまして、その一つは、曹操の魏、劉備の蜀、孫権の呉のうち、いちばん小さい劉備の蜀を正統な王朝とみなすという点です。というのは、蜀の劉備は前の王朝である後漢の血がつながっている一族――真偽のほどはわかりませんが、一族だといちおうされています――だから正統とみなす、これが第一の基本構想です。もう一つは、高貴な血筋の劉備を正義派、善玉に、これに敵対する曹操を敵役、悪玉に位置づけ、善玉と悪玉を対比させるという方法をとることです。

いまお話ししました蘇東坡のエッセイは具体的な語りの実体は不明ですけれども、すでに北宋の語り物の段階で、蜀の劉備のほうに聴衆の人気が集中して、悪役として曹操が憎まれていることを示しています。ということは、つまり後の『三国志演義』の二つの基本構想の原型が、すでに形づくられているということを示しているかと思います。

語りのスタイル確立

少し時代が下がりますが、このほか孟元老《もうげんろう》の筆記、つまり記録ですが、その記録に『東京夢華録《とうけいむかろく》』というのがあります。これは北宋の首都の汴京《べんけい》、現在の開封《かいほう》の賑わいを描いたエッセイで、いろんなお店があるとか、どういう道がどういうふうになっているといった都市の記録のようなものですが、そこに街の盛り場で三国志物語が盛んに語られていたということを示した記述があります。その『東京夢華録』の中で、盛り場演芸について記した箇所に、「……霍四究《かくしきゅう》の『説三分《せつさんぶん》』……」という記述がある。つまり霍四究という人が三国志語りの名手であった、というふうな記述です。これによって、当時、すでに歴史物講釈の分野で「説三分」と呼ばれる専門化されたジャンルがあって、霍四究という講釈師が第一人者だったことがわかります。

このころ北宋末には、すでにさまざまな講釈のスタイルが確立していまして、一回の読み切り、語り切りといったようなものと、連続で語られる「講史」、つまり歴史物語と、大きく二つのジャンルに分かれておりました。『三国志』などは、もちろん長篇講史ですけれども、こういう語り物としての「説三分」の痕跡は、現在の『三国志演義』にも歴然と残っております。いちばん見やすいのは、『三国志演義』が章回小説のスタイルをとっていることです。ちなみに、『三国志演義』は全体で一二〇回構成になっています。

『三国志演義』の場合、一回の終わりごとに「且聴下文分解（且《しば》らく下文の分解を聴け）」という文句を置き、これでつないでいきます。「しばらく下文の解き明かしを聴きなさい（読みなさい）」

という意味です。簡単にいえば、「次回をお楽しみに」ということで、次につないでいくスタイルです。これは明らかに講釈師の「あしたまた聞きに来てください」という決まり文句を踏襲したものです。

中国の古典白話長篇小説は『三国志演義』に限らず、『水滸伝』も『西遊記』も、みんな北宋以来の盛り場の連続ものの講釈を母体として生まれたもので、いずれも章回小説のかたちをとって、次々に鎖状に話をつないでいくという形式になっています。この形式はずっと後まで、ほとんどの古典長篇小説に共通するものでして、たとえば、盛り場演芸とは切れたかたちで、十八世紀の中ごろに個人の作者、曹雪芹《そうせっきん》があらわした『紅楼夢』も、やはり同じような章回小説のかたちで話をつないでいくというスタイルを踏襲しています。

『三国志演義』は、こういうかたちで、濃厚に語り物の痕跡が残っているわけですが、では実際に語り物としての「三国志」がどのようなものであって、どんなふうに語られていったかということは、具体的なことはわかりません。九世紀の中ごろからずっと伝えられてはいるのですが、資料がまったくない。ただ、民間芸能の語り物の三国志物語の実態を知る手がかりが一つだけ残されています。それが『三国志平話《へいわ》（新全相三国志平話）』で、モンゴル王朝の元の至治《しち》年間（一三二一〜一三二三）、十四世紀の初めに刊行されたものです。全相の「相」というのは絵という意味です。全ページ絵入りということです。上が絵になっていて、下が文章というかたちですね。

これは現存する語り物としての三国志物語の最古のテキストといえます。講釈師のレジュメを読み物用に編集してつくられたものだと考えられますが、そのせいか、地名や人名にものすごく当て字が多い。それから年号がまちがっていたり、表記の仕方もかなり粗っぽい。内容的にも荒唐無稽な要素が多く、史実についても講釈師の歴史的教養が足りないために、誤解とか誤認がひじょうにたくさんあります。羅貫中の『三国志演義』のように、史実との整合性にものすごく神経を使っているようなものとは雲泥の差です。

ただ、この『平話』は、実際に寄席で演じられた語り物の雰囲気をひじょうに濃厚に伝えていて、たいへんおもしろいものです。だいたい後漢末から語り始めて三国の興亡をたどり、ともかく終わりまで三国志世界をトータルに語り切っている。テキストよりも、実際に演じられるときは、もっともっと話に尾ひれがついて細かく、資料の何十倍も長くなったのではないかと思います。

精彩を放つキャラクター

この『三国志平話』の中心を占めているのは、やはり蜀の劉備、関羽、張飛の三人の義兄弟です。なかでも、とりわけ目立つのは張飛の活躍です。李商隠の詩にもありましたように、もともと張飛は容貌からして、どんぐり眼に、虎鬚がトレードマークというぐあいに、たいへんはなばなしい。『平話』ではこの張飛の活躍の比重が圧倒的に大きい。はなばなしくも喜劇的な容貌をしている張飛に、『平話』は無類の強さあふれる豪傑というか、猛々しい荒武者の役割と、ひじょうに愚かで滑稽な道化の両方の役割をあわせもたせ、いわばバーレスクのような喜劇を演じさせます。語りの現場では、こういう張飛のようなキャラクターが、やはり受けたのでしょうね。『平話』はもともと寄席で語られた語り物ですから、聴衆とか観客とかにいちばん愛されるのは、こういうキャラクターだったと思われます。

この『三国志平話』の生まれた元代には「元曲《げんきょく》」と呼ばれる芝居も盛んに行われまして、この元曲の中にも現存するだけでも二〇を超える三国志劇があるのですが、こうした三国志劇の中でもっとも精彩を放つキャラクターはやはり張飛で、張飛を主人公にした劇がいくつもあります。たとえば、その一つに「莽《もう》張飛　大いに石榴園《せきりゅうえん》を鬧《さわ》がす」というのがある。「莽《マン》」つまりおっちょこちょいでおばかさんの張飛が、「大鬧《ダーナオ》」つまりしっちゃかめっちゃかの大騒ぎをやらかすという劇です。

講釈師のレジュメである『平話』も、元曲の三国志劇も内容はやはり判官びいきで、弱い蜀と劉備に肩入れをするというコンセプトですが、そこでも突出した存在になっているのは劉備でも関羽でもなく、道化的な張飛です。

また、『三国志演義』だけではなく、『水滸伝』においても、李逵《りき》というひじょうにアナーキーな力の持ち主だが、どこか間が抜けているキャラクターが出てきて、大活躍します。語り物の世界ではこうした張飛や李逵こそ、もっとも愛されたキャラクターなのです。

これが、羅貫中の『三国志演義』になると、ストーリーとは無関係に、ひたすら大向こう受けをねらって張飛に大暴れをさせるという、『平話』的な語り口、語り物的な語り口は格段に抑えられていきます。『演義』の作者羅貫中は、晩唐以来、元代の『三国志平話』や元曲などに至るまで、民間芸能の世界で伝えられてきた無数の三国志物語をあたうるかぎり広く収集して、これを正史の『三国志』と突き合わせて整理・集大成して、大物語文学『三国志演義』を完成させました。つまり歴史的な整合性を求めるといいますか、こういう操作を通じて、語り物としての三国志物語から極端に荒唐無稽な要素を抜き去り、語り口にも彫琢を加えたわけです。

羅貫中は不遇な知識人であったとされます。結局、『三国志演義』は、そうした羅貫中の知的なフィルターを通して完成されたといえます。『三国志演義』の世界は、さっき申しましたように、善玉・劉備と、悪玉・曹操の明確な対比を軸として、そこに大勢の登場人物を巧みに組み合わせて動かしながら、後漢末の乱世が魏・蜀・呉の三国に収斂していくプロセスを描いています。付言しますと、『演義』の登場人物のうち、羅貫中がもっとも愛し力をこめて描いたのは、関羽だと思われます。羅貫中は山西省太原の人だといわれていますが、関羽も山西省解《かい》県出身ですので、まさに郷里の英雄である関羽への思い入れが深いのでしょう。また関羽というのは、ある程度倫理的ですし、教養もある。張飛みたいに喜劇的じゃなくて、悲劇性を帯びている。そんなところが知識人的な羅貫中の美意識に合い、張飛より関羽のほうが『演義』ではクローズアップされてゆく。こうしてあえて張飛から関羽へと、描写の比重を移すなど、羅貫中は『平話』に見られる語りの粗雑さをいろんな面で精錬していくことに精魂を傾けたといえます。

『平話』と『三国志演義』の語り口

最後に語り物としての『三国志平話』と、これを整理・集大成した『三国志演義』の語り口の差異を具体的に見ていただきたいと思います。

（A）張飛字益徳、涿郡人也、少与関羽倶事先主。羽年長数歳、飛兄事之。先主従曹公破呂布、随還許、曹公拝飛為中郎将。先主背曹公依袁紹・劉表。表卒、曹公入荊州、先主奔江南。曹公追之、一日一夜、及於当陽之長阪。先主聞曹公卒至、棄妻子走、使飛将二十騎拒後。飛拠水断橋、瞋目横矛曰、「身是張益徳也、可来共決死！」敵皆無敢近者、故遂得免。（『三国志』蜀書第六）

（B）却説張飛北至当陽長坂。張飛令軍卒将五十面旗、北于阜高処一字擺開。二十騎馬軍正覷南河。曹公三十万軍至。「尊重何不躲？」張飛笑曰、「吾不見衆軍、只見曹操」。衆軍馬一発連声、便叫、「吾乃燕人張翼徳、誰敢共吾決死！」叫声如雷貫耳、橋梁皆断。曹軍倒退三十余里。（『平話』）

（C）張飛円睜環眼、隠隠見後軍青羅傘蓋、旄鉞旌旗来到、料得是曹操心疑、親自来看。飛乃励声大喝曰、「我乃燕人張翼徳也！誰敢与我決一死戦？」声如巨雷。曹軍聞之、尽皆股栗。曹操急令去其傘蓋、回顧左右曰、「我向曾聞雲長言、翼徳於百万軍中、取上将之首、如探囊取物。今日相逢、不可軽敵」。言未已、張飛睜目又喝曰、「燕人張翼徳在此！誰敢来決死戦？」曹操見張飛如此気概、頗有退心。飛望見曹操後軍陣脚移動、乃挺矛又喝曰、「戦又不戦、退又不退、却是何故！」喊声未絶、曹操身辺夏侯傑驚得肝胆砕裂、倒撞於馬下。操便回馬而走。於是諸軍衆

将一斉望西逃奔。(『三国志演義』第四二回)

この(A)(B)(C)は、いわゆる長坂《ちょうはん》の戦いにおける張飛の描かれ方の違いを見るために、とりあげたものです。時代は建安十三年(二〇八年)、曹操が北中国を制覇したのち、中国全土を支配しようと大軍を率いて南下しました。そのときに曹操と敵対する劉備は、南の荊《けい》州(湖北省)に逃げてきていた。そこに曹操が攻めてきたので、ぶつかるとひとたまりもないというわけで、劉備は諸葛亮や張飛をはじめとする軍団を率いて、どんどん南へ逃げた。ところがすごい勢いで曹操軍が追いかけてきて、とうとう当陽の長坂(阪)というところで追いつかれてしまう。ここで展開された凄まじい白兵戦が長坂の戦いです。

まず(A)は『三国志』の「張飛伝」です。要約しますと、次のような意味になります。

張飛の字は益徳といい涿《たく》郡の人である。若いときから関羽と一緒に先主(劉備)に仕えていたが、関羽のほうがいくつか年上だったので、張飛はこれに兄事した。のちに劉備は曹操に背いて、袁《えん》紹《しょう》と劉表《りゅうひょう》——荊州の支配者——に頼った。ところが劉表が死んだあと、曹操が荊州に入ってきたので劉備は南に逃げたが、曹操はこれを一昼夜かけて追撃、当陽の長坂で追いつく。劉備は曹操がにわかにやってきたと聞くや、妻子を捨てて逃げ、張飛に二〇騎を率いて背後を防がせた。張飛は川にかかる橋を切り落とし、目をいからせ、矛を横たえて、「身はこれ張益徳なり、来りて共に死を決すべし」、かかってこい、命をかけて戦おうぞ、と怒鳴った。その勢いがものすごいので、「敵はみなあえて近づく者なし」、近づく勇気のある者はいなくて、かくして劉備は助かった、というストーリーです。ひじょうに簡潔ですが、なかなか迫力のある文章です。

ところが、これが（B）の『平話』になりますと、極端にフィクショナルな要素が加わってきます。長くなりますのであまり詳しいことは申しませんけれども、最後のところを見てみましょう。

張飛が「吾れこそは燕人張翼徳（正史では益徳）だ。命がけの勝負をする者はおらんか」と叫んだ。その声が耳をつんざくような雷鳴のようだったので、「橋梁皆断つ」、橋が真っ二つに折れてしまった。そこで曹操軍は三〇里余り後退したと書かれています。張飛の声で橋が断ち切れたというのですから、ものすごい迫力ですね。とてもオーバーな表現になっています。

ところが（C）の『三国志演義』になりますと、「張飛円睜環眼」以下のところですが、描写がきめ細かくなってきます。これはモス・ロバート氏の英訳（*Three Kingdoms – A Historical Novel*, University of California Press,1991）もありますが、内容の紹介は省略します。

張飛がどんぐり眼をむいて見ると、曹操軍の後ろから青い絹の傘――曹操の居どころを示すわけです――や、まさかり、旗が見え隠れしている。たぶん曹操が大軍を率いて様子を見に来たのだろうと察した。張飛は「飛乃《すなわ》ち声を励まして大喝して曰く」、声を荒らげて大きな声で怒鳴った。ここは（B）と同様ですね。

「われこそは燕人張翼徳である、だれかわしと命がけの勝負をする者はおらんか」と。その声が雷のようだったので、曹操の軍勢は「皆股に栗す」、みな足ががたがたと震えた。曹操はあわてて、傘を外させて、左右の者を顧みていった。「私はかつて関雲長（関羽）が、こんなことをいうのを聞いたことがある。張飛は百万の軍勢の中で、大将の首を取ることはまるで袋の中から物を取り出すようにやすやすとやってのけると。きょうは張飛と逢ったんだから、くれぐれも軽くみてはいかん」。その言葉が終わらないうちに、張飛は目を見張ってまた怒鳴った。「燕人張翼徳ここに在り、だれか敢えて来たりて死戦を決すべし」。曹操は張飛のこんな勢いを見て、もう退却したいという気持ちになった。張飛が一回目怒鳴ったときは、みんな足を震わせ、二回目怒鳴ったときは、曹操が怖くなり、臆する気持ちが出てきて退却したくなったというわけですね。それで曹操軍の後方部隊が移動し始めたのを見ると、張飛は矛をかまえて、また「戦うのか、戦わんのか、撤退するのか、せんのか。どうするんだ」と怒鳴った。これで三回目です。すると、怒鳴りやまないうちに、曹操のそばにいた夏侯傑《かこうけつ》が肝をつぶして落馬してしまいます。それで曹操はすぐさま馬をかえして逃げ出し、曹操が逃げ出したものだから、ほかの大将たちも一斉に西へ向かって逃走した、というふうに書かれています。

（A）はともかく（B）と（C）とを比較しますと、『平話』では、一回怒鳴っただけで橋が断ち切れたと書いてあるのですが、『演義』では、一回目では曹操軍の足がとられ、二回目で曹操自身もおじけづく。三回目のところで夏侯傑が落馬し、曹操を筆頭に全員逃げ出すというぐあいになっているのです。繰り返しの中で、だんだん調子が強められるという、ひじょうに巧妙な語り口になっています。つまり、『平話』のように怒鳴っただけで橋が落ちたという張飛の超人性を強調するあまりの荒唐無稽な描写をもっと丁寧に修正しているわけです。ただ、このくだりについてのみいいますと、粗雑ではあるけれども、『平話』の語り口のほうが語り物の迫力はあると思います。

このようなかたちで、羅貫中の『三国志演義』は語り物を土台にしながら、粗っぽさを丁寧に練り直して、物語世界の展開をひじょうになめらかにしてゆくわけです。ただ、『演義』では、語り物の世界で大活躍の張飛については、抑えぎみの表現をしていますが、諸葛亮の魔術師としての性格をすごく強調したり、あるいは作者羅貫中のごひいきである関羽を、その死後にもお化けとして登場させたり、いかにも語り物を母胎にした作品らしく、物語幻想をもじゅうぶん駆使しています。

ですから、簡単に結論を申しあげますと、『三国志演義』は、物語の展開を脱線させるような語り物的な要素は排除したけれども、諸葛亮の魔術性とか関羽の亡霊とか、興趣をもりあげる要素はどんどん取り入れるというふうに、語り物から物語へと、絶妙のバランスを保ちつつ、成熟してゆき、みごとな物語世界をつくったといえるのではないかと思います。

［一九九八年三月一八日、日文研国際シンポジウム「語り物……東と西」］

（『創造の世界』一〇七、一九九八年八月）

『三国志演義』に見る道教的イメージ

『三国志演義』は周知のごとく、十四世紀の中頃の元末明初、不遇の知識人羅貫中によって完成された。羅貫中は、千年以上にわたり、語り物や芝居など民間芸能の世界で語り伝えられた数々の「三国志物語」を収集し、これらを正史『三国志』をはじめとする正統的な歴史資料と照合して、極端に荒唐無稽な要素を抜き取り、文章に磨きをかけて整理・集大成して、白話長篇小説『三国志演義』を完成したのだった。

こうして完成された『三国志演義』は、二つの基本的な物語構想を軸として形作られている。一つは曹操の魏、劉備の蜀、孫権の呉の三国のうち、後漢王朝の血筋を引くとされる劉備の蜀を正統とすること。いま一つは、劉備を徹底的な善玉として中心に据え、悪玉・敵役の曹操と対比させながら、物語世界を展開させていることである。

善玉劉備の周囲には、義兄弟の二人の豪傑関羽・張飛、天才的な軍師の諸葛亮《しょかつりょう》をはじめ、劉備の人柄に惚れ込み、彼のために命懸けて尽くす臣下が顔を揃えている。『演義』前半は、これら臣下との信頼関係に支えられた劉備が、力において圧倒的に勝る曹操に抗し、蜀に自立の拠点を得るまでのプロセスをドラマティックに描くことに力点を置く。さらにまた、劉備の死後、軍師諸葛亮は劉備の信頼にこたえてその遺子を守りぬき、超大国の魏と戦いつづけた。『演義』後半の物語世界は、この誠実な軍師諸葛亮の活躍に焦点をあてて展開される。

以上のように、「仁君（慈愛にあふれた君主）」劉備、その劉備に忠誠を尽くす臣下たちという具合に、『三国志演義』の中心に位置する登場人物は、いかにも儒教的な色彩に彩られているかに見える。とりわけ、ずばぬけた行政的・軍事的手腕を有しながら、出来の悪い劉備の息子に、死ぬまで誠実に尽くしつづけた諸葛亮のイメージには、一見したところ、理想化された儒家思想・儒教イデオロギーの化身といった趣きがある。しかし、その反面、『三国志演義』に描かれる諸葛亮が、濃厚な道教的イメージを帯びていることもまた、まぎれもない事実である。以下、諸葛亮に焦点を当てながら、『三国志演義』に見る道教的イメージを探ってみたい。

先に述べたように、『三国志演義』は、民間芸能の世界で流布した種々の「三国志物語」を土台にして著されているが、もとになった「三国志物語」のほとんどが滅び去ったなかで、唯一今に残るのは、元の至治年間に刊行された『三国志平話』である。ちなみに、『三国志平話』は講釈師のレジュメをテキスト化したものであり、語りの現場の雰囲気をいきいきと伝えている。この『平話』に登場する諸葛亮は、仙人もしくは魔術師そのものである。たとえば、『平話』はその初登場のシーンで、次のように諸葛亮を紹介している。

諸葛亮はもともと神仙（仙人）である。中年に至った今、目を通さない書物はないほどで、天地の機微に通じ、神鬼（神秘な存在）も測りがたい志を抱き、風を呼び雨を喚《よ》び、豆を撒《ま》けば兵士となり、剣をふるえば河となる。

こうした超能力をもつ魔術師としての諸葛亮のイメージは、元曲（元代の芝居）に登場する諸葛亮のキャラクターにも共通するものである。

このように『平話』や今に残る諸葛亮物の元曲作品を通じて、元代の民間芸能の世界において、神秘な能力をもつ超越的な存在としての諸葛亮のイメージが広く流布し、定着していたことがうかがえる。史実と照合し、先行する「三国志物語」の荒唐無稽な要素を除去することを旨とする、『三国志演義』の世界でも、こと諸葛亮に関するかぎり、むしろ積極的に民間に流布する神秘的な諸葛亮のイメージを取り込み、物語展開の重要な鍵としている。

『演義』世界に諸葛亮が初登場するのは、劉備の三顧の礼を受けたときのことである。諸葛亮の評判を聞いた劉備は関羽と張飛を伴い、襄陽《じょうよう》郊外、隆中《りゅうちゅう》の臥龍岡《がりょうこう》に隠棲する諸葛亮を訪問するが、二度とも不在、三度目にようやく面会を果たすというものだ。ここで、『演義』は、諸葛亮の隠棲地がいかに俗塵を排した清浄な雰囲気に包まれたものであるか、綿々と歌い綴った長い詩を付している（第三十七回）。

（前略）
柴の門は半分閉ざされて、茅葺きの廬《いおり》をかくし
中には高潔な人が寝そべったまま起き上がろうとしない。
丈の高い竹が重なり合って緑の屏風を成し
春夏秋冬、籬《まがき》には野の花が香しい。
……
とんとんと戸を叩いて猿が木の実を捧げ
門を守る鶴は夜な夜なお経を読む声に耳を傾けている。
……
廬のなかの先生は一人ひっそりとすごし
暇があれば、自ら農作業にいそしむ。
（以下略）

ここに描かれるのは、まさに山の彼方にある「仙界」を思わせる風景にほかならない。この「仙界」の住人たる諸葛亮も隠者というより、むしろ仙人といったほうがふさわしい。先に述べたように、講釈師のテキストである『平話』は最初から、「諸葛亮はもともと神仙（仙人）である」とズバリ言い切っている。作者羅貫中の知識人的フィルターを通して、構築された『演義』の物語世界

は、さすがにそこまで単刀直入ではないけれども、この登場詩から見てとれるように、やはりあらかじめ諸葛亮に神仙的イメージを付与しており、その点では、『平話』の設定を踏襲しているのは明らかである。

実は、諸葛亮を超越的存在とみなすことは、宋元以来、民間に流布した「三国志物語」の独創ではなく。すでに六朝《りくちょう》時代から始まっている。南朝劉宋の志怪小説集『異苑《いえん》』(劉敬叔著)に、諸葛亮の超能力をテーマとする話があるのは、その早い例である。諸葛亮超能力者伝説、ひいては仙人伝説が生まれるには、それだけの理由があった。周知のように、諸葛亮は木牛《もくぎゅう》・流馬《りゅうば》や強力な石弓などの新兵器を次々に発明した、抜群の科学的才能の持ち主であった、これがまず彼に魔術師的イメージを付与することになったことは、推測にかたくない。

しかし、さらに一歩進めて見ると、魔術師あるいは仙人諸葛亮のイメージは、三国六朝時代を通じて知識階層に深く浸透し、一世を風靡した「天師道《てんしどう》」との関連で、生じてきたのではないかと思われるふしがある。「天師道」は、後漢末の乱世をもたらす引き金となった、「黄巾の乱」のリーダー張角《ちょうかく》のとなえた「太平道」とは別系統ながら、やはり同じく道教の一派である。

民衆を教化の対象とした「太平道」に対し、上層階級の知識人に支持された「天師道」は、不老不死を求めて山中で薬草を摂取するなど、きわめて仙人志向の強い宗教であった。『演義』描くところの、諸葛亮の隠棲地、臥龍岡の雰囲気は、この「天師道」が理想とする仙境に類似するものだといえよう。

さらに注目されるのは、諸葛亮の出身地の山東省琅邪《ろうや》が、「天師道」のメッカだったことだ。周知のように琅邪は、古代から神秘な術を操る方士《ほうし》の多い土地柄である。かの秦の始皇帝もここで方士の徐福らと出会い、その言葉を真に受けて大船団を仕立て、仙人が住むという幻の「東海の三神山」のありかを探求させたのだった。こうした方士の伝説が脈々と伝えられ、「天師道」に結びついたとも考えられる。付言すれば、『演義』のスターの一人、呉の孫策（孫権の兄）は、于吉《うきつ》という道士に祟り殺されるのだが、この于吉もまた琅邪出身の道士だったとされる。

諸葛亮が、この神秘なムードの立ち込める「天師道」の本場、琅邪の出身だったこと。山中（臥龍岡）での隠棲という独特の生活形態。こうした点から見ると、諸葛亮自身、「天師道」となんらかの関わりがあったと考えるほうが、むしろ自然であろう。とはいえ、実際に諸葛亮と「天師道」との関わりを証明する歴史的資料は見当たらない。ただ少なくとも、いまあげた断片的な事実から、諸葛亮と「天師道」的な神秘主義を結びつけ伝説化する傾向が、六朝時代を通じてしだいに広まっていったことは、まずまちがいないと思われる。

こうして仙人化された諸葛亮のイメージは、長い時間をかけて民間道教の呪術志向との結合を深め、民間芸能の世界において、『平話』や元曲に見えるような超能力の仙人、全知全能の魔術師として結実したものと見える。『演義』もこれら民間で形作られた諸葛亮の超越的イメージを、思い切りよく盛大に活用している。

『演義』の物語世界において、山中の隠棲生活にピリオドを打ち、劉備の軍師になった諸葛亮が、ここぞというときに超能力を発揮し、魔術師として活躍する場面は、それこそ枚挙に暇がないほど見られる。

たとえば、建安十三年(二〇八)冬十二月、「赤壁の戦い」で、周瑜《しゅうゆ》の率いる呉軍が曹操軍に火攻めをかけることに先立ち、諸葛亮は「七星壇」を築いて天に祈禱し、この季節にはめずらしい東南風を吹きおこしたこと(第四十九回)。魏の黄初三年(二二二)、関羽の復讐を期して呉に出撃した劉備が惨敗を喫したさい、これを追撃した呉の陸遜《りくそん》は、諸葛亮が前もって石を配して作っておいた魔方陣の「八陣」に、迷いこみ出られなくなってしまったこと(第八十四回)等々は、その代表的なものである。

また、『演義』の第八十七回から第九十一回までは、諸葛亮の「南中征伐」について、筆を費やしているが、このくだりの諸葛亮のイメージはまさに大魔術師というほかない。蜀の建興三年(二二五)、諸葛亮は南中(雲南省と貴州省)に遠征し、激しく抵抗する原住民のリーダー孟獲《もうかく》を、七たび捕らえ七たび釈放して、ついに心服させみごと南中を平定した。『演義』は、このときフィクショナルな物語幻想を大々的に膨らませ、大魔術師諸葛亮が秘術を尽くして、孟獲が繰り出す魔術師どもの術を次から次に打ち破ってゆくさまを、はなばなしく描きあげるのである。

さらにまた、建興五年(二二七)から建興十二年(二三四)まで通算八年、諸葛亮は魏に戦いを挑み、つごう六回の北伐を敢行した。このときも、『演義』は、「空城の計」を使い、「鶴氅《かくしょう》(鶴の羽で作った衣)」「綸巾《かんきん》(隠者のかぶる帽子)」という仙人モードで、物見櫓に上って、ゆったり琴を弾き、ライバルの魏軍のリーダー司馬懿《しばい》を巧みに欺く（第九十五回）など、変幻自在の諸葛亮の姿を活写している。

仙境を思わせる臥龍岡の住まいから、『演義』に登場し、上記のように次々に奇跡をおこし、超能力者、魔術師として、物語世界を揺り動かした諸葛亮は、退場するときも、やはりこのうえなく神秘なムードに包まれている。

建興十二年二月、諸葛亮は満を持して第六次北伐に踏み切り、武功郡五丈原《ごじょうげん》に本陣を敷いた。しかし、魏軍のリーダー司馬懿は守りに徹して応戦せず、こう着状態が続くうちに、諸葛亮は重病にかかった。

『演義』第百三回には、星座を観察し死期が迫ったことを直観した諸葛亮が、北斗星に祈り延命を乞う儀式を行うさまが、克明に描かれている。まず陣幕を張りめぐらし、腹心の部将姜維《きょうい》に、黒装束に身を固め黒旗を手にした「七七」四十九人の鎧武者を率いさせて、幕の外を守らせる。そのうえで、幕のなかに一人こもった諸葛亮は、「罡《こう》に歩し斗《と》を踏んで（北斗七星の形に歩むこと）」、北斗星に祈る。幕のなかには、大きい灯明七個と小さい灯明四十九個が配置され、その真ん中に「主灯（本命灯）」が置かれている。この「主灯」が、祈禱が功を奏したかどうかを測るバロメーターになるのだ。もし祈禱期間の七日の間、主灯が消えなければ一紀（十二年）命を延ばすことができるが、消えれば死ぬしかない。

諸葛亮は昼は病軀をおして軍務を処理し、夜は幕のなかで必死に祈禱した。ところが六夜めにハプニングがおこる。かねて諸葛亮と北伐の作戦で対立していた部将魏延《ぎえん》が、無神経に幕のなかに踏み込んで来て、せっかくそれまで煌々と灯っていた主灯を消してしまったのだ。延命の望みを断たれた諸葛亮は、死後に備えて手配りを終え、建興十二年秋八月、ついにこの世を去った。

ここに描かれる、諸葛亮の呪術的な祈禱の儀式に見られる北斗信仰も、実は道教的な発想にもとづくものにほかならない。仙境もどきの臥龍岡の草廬といい、北斗信仰にもとづく延命の儀式といい、『演義』の諸葛亮は、実に、その登場から退場に至るまで終始一貫して、道教的な神秘主義に濃厚に彩られているのである。

先にも述べたとおり、『演義』は、劉備の三顧の礼に感激して軍師となり、知謀のかぎりを尽くして「天下三分の計」を実現させ、劉備亡き後はその信頼に答えて、暗愚な二代目劉禅を守りぬくなど、儒教的な忠義の化身としての諸葛亮の姿も遺漏なく表現している。しかしそれよりも、『三国志演義』の物語世界では、いまあげた例からも明らかなように、民間道教の呪術志向を体現した、超能力者あるいは魔術師としての諸葛亮のイメージのほうが、はるかに強烈なのだ。

それは『演義』の作者が、「諸葛亮はもともと神仙である」とする『平話』に代表される、民間芸能のなかで育まれた諸葛亮像を、積極的に物語世界のなかに取り込もうとしたことを示している。民衆世界のエンターテインメントでは、忠義一徹の堅苦しい諸葛亮より、風を呼び人工獣を駆使し、北斗星に呪文を唱えて宿命さえ変えようとする、超能力のスーパーマン諸葛亮に人気があったのは、想像にかたくない。『演義』は、そんな人々の夢の結晶としての、パワーにあふれる諸葛亮像を生かし、さらに念入りに潤色したといえよう。

『三国志演義』の作者は上記のように、諸葛亮のキャラクターに、民間道教的な要素をふんだんに盛り込んでいるが、これ以外にも、『演義』は随所に道教的なイメージを散りばめ、物語展開に変化とアクセントを付けている。

そもそも、『演義』は、第一回の冒頭において、後漢末、道教の一派「太平道」の教祖張角（彼もまた『演義』では魔術師である）が信者を組織し、「黄巾の乱」をおこすに至った経緯を記す。史実では、宦官がのさばり腐敗しきった後漢王朝の屋台骨を揺るがす「黄巾の乱」を契機に、時代は群雄割拠の乱世へと突入する。こうした歴史的文脈を踏まえながら、そのオープニングにおいて、『演義』は張角に破壊的な魔術師の役割をふりあて、彼の率いる黄巾軍が中国全土を混乱の渦に巻き込むさまを念入りに描く。これを皮切りに、いよいよ波瀾万丈、疾風怒濤、ただならぬ様相を帯びた『三国志演義』の物語世界の幕が切って落とされるという仕掛けである。

このほか、『演義』の世界では、敵役である魏のリーダー曹操および呉の若きリーダー孫策の周囲にも、魔術（方術）を使う道士や方士が出没する。しかし、孫策の場合は神秘な術を操る道士の于吉を嫌い処刑したためにその祟りで死んだとされ、曹操の場合も方士の左慈《さじ》にさんざん嘲弄されるわ、ほとんど魔術的な術を駆使する医者の華佗《かだ》を殺害したため、持病の頭痛に悩まされつづける羽目になるわというふうに、これら道教的な超能力者と対立し、リスクを負うことになる。

『三国志演義』中、随一の道教色を帯びた大魔術師が諸葛亮であることは論を待たない。劉備が窮地を脱し、自立することができたのは、ひとえにずばぬけた超能力者諸葛亮の尽力によるものであった。つまるところ、『三国志演義』は、劉備にのみ諸葛亮という大魔術師と結び付く幸運を付与し、劉備と対立する曹操や孫権の兄孫策に対しては、逆に魔術師に足を引っ張られる悪運を付与しているのである。いかにも劉備贔屓らしい展開というほかない。

以上、諸葛亮のイメージを中心に、『三国志演義』に見る道教的イメージをたどってみた。民衆世界で流布した無数の「三国志物語」を集大成した『三国志演義』は、民間道教のさまざまな要素を積極的に取り込み、物語世界を活性化し、大いに興趣を盛り上げているのは、明らかだった。ただ、『演義』のキーコンセプト、基本的な構想は、やはり仁君劉備とその忠実無比の配下関羽・張飛・諸葛亮らの、けっして裏切り裏切られることのない関係性を称揚するものである。その意味で、『演義』の物語世界を裏から支える基本的イデオロギーは儒教的なものであり、道教的イメージはあくまで物語展開の平板化や硬直化を突き崩し、変化を付けるために導入されたものであることを、最後に付け加えておきたい。

（国際シンポジウム『道教と東アジア文化』国際日本文化研究センター、二〇〇〇年一二月）

『三国志演義』が描き出すリーダー像

『三国志演義』の世界

考えてみれば、私が「三国志」と関わってから、今年（二〇〇八年）でちょうど四〇年になる。一九六八年春に提出した修士論文のテーマが、唐代以前の最大の詩人と目される曹植（曹操の息子）だったことから、まもなく正史『三国志』の翻訳を担当することになった（共訳。主として「蜀書」を担当）。これを機に三国志関係の文章を多く書くようになり、先ごろ長篇小説『三国志演義』の全訳も完了した。これほど長い歳月、歴史と文学の両面から飽くことなく三国志世界と関わりつづけてきたのは、どの角度からアプローチしても常に発見があり、文字どおり豊饒な面白さにあふれているからだというほかない。後漢末の乱世が群雄相互の凄絶なせめぎあいの果てに、曹操の魏、劉備の蜀、孫権の呉の三国分立にいたる波瀾万丈のプロセスもさることながら、三国志世界の他に類を見ない面白さは、なんといっても多種多様の登場人物によるものだといえよう。

十四世紀中頃の元末明初、『三国志演義』の作者と目される羅貫中は、語り物の世界で伝承されてきた種々の三国志物語を収集し、正史『三国志』をはじめとする正統的な歴史書と照合して、極端に荒唐無稽な要素をぬきさり文章表現を整えて、堂々たる大歴史小説を完成した。こうして誕生した白話長篇小説『三国志演義』の核をなす基本構想は、漢王朝の血筋とされる劉備を徹底的な善玉とし、蜀を正統王朝として位置づけることである。これに対し、劉備のライバル曹操については その悪人性が強調される。かくして『演義』は、善なる劉備と悪なる曹操の対立を軸とし、多種多様の人物を巧みに配置しながら、ダイナミックな物語世界を形づくってゆく。

以下、演義世界の核となる三人のリーダー、劉備・曹操・孫権を中心に、魅力あふれる登場人物像をさぐってみよう。

劉備――仁愛と信義の人

演義世界の中心人物であり、善玉リーダーたる劉備（一六一～二二三）は、漢王朝の末裔というふれこみに加え、「身長は七尺五寸、両耳は肩まで垂れ、両手は膝の下まで届き、目は自分の耳を見ることができ、顔は冠の玉のように白く、唇は紅をさしたようだった」（『演義』第一回）という、いかにも只者ならぬ雰囲気をただよわせる異相の持ち主だった。しかも性格は穏やかそのもので、常におっとりかまえているため、自然に周囲に人が集まってくる。おりしも後漢末の乱世、そんな劉備が故郷の涿県（河北省）で剛勇無双の関羽・張飛とめぐりあい、義兄弟の契りを結ぶところから、演義世界は動きはじめる。

中平元年（一八四）、劉備は関羽・張飛とともに急ごしらえの寄せ集め軍団を率い、黄巾討伐義勇軍に参加して各地を転戦、それなりの戦功を立てて弱小群雄の一人となる。この間、後漢王朝は加速度的に衰え、時代は群雄割拠の大乱世に突入する。

こうした状況のもと、興平元年（一九四）、劉備は徐州（山東省）の支配者陶謙《とうけん》に見込まれ、徐州の支配権を譲りうけて念願の根拠地を獲得するにいたる。実はこのとき、劉備は他人の領地を横取りはできないと辞退しつづけ、陶謙の死後、ようやく支配者となった。

このように演義世界の劉備は支配欲や権力欲の稀薄な、仁愛あふれるリーダーとして描かれるのが常である。しかし、ときは乱世、迂遠な理想論をふりかざしても、何のメリットもなく、やがて劉備は後漢王朝を実質上、滅ぼした董卓《とうたく》の養子だった猛将呂布《りょふ》に根拠地徐州を乗っ取られ、曹操のもとに身を寄せることになる。その曹操ともけっきょく不倶戴天の間柄になり、建安六年（二〇一）、こてんぱんに撃破されて華北を追われ、関羽・張飛・趙雲ともども荊州（湖北省）の支配者劉表《りゅうひょう》のもとに逃げ込む羽目となる。

敗北に敗北を重ね、北から南へ流転しつづけた劉備の最大の弱点は、関羽・張飛をはじめ、一騎当千の武将にはことかかないが、全体状況を把握し的確な戦略を立てる軍師がいないことだった。その弱点を自覚していた劉備は、建安十二年（二〇七）、「臥龍」と称される荊州の逸材諸葛亮（一八一～二三四）の存在を知るや、逃げつづけ譲りつづけてきた、それまでの消極性をかなぐりすて、猛然と攻勢に出て、「三顧の礼」を尽くし彼を軍師とした。このとき、劉備は四十七歳、諸葛亮は二十も下の二十七歳だった。

「天下三分の計」という明確なビジョンをもつ諸葛亮を得たのち、劉備は基本的に上昇気流に乗った。建安十三年、北中国を支配した余勢を駆って南下してきた曹操の大軍を、呉の支配者孫権と同盟を結んで「赤壁の戦い」で撃退したあと、孫権側と荊州の領有権をめぐって激しい攻防を繰り返しながら、建安十六年、蜀（四川省）へ攻め込み、苦戦すること三年、ついに蜀を支配下におさめる。

以後、劉備は諸葛亮の輔佐よろしきを得て、黄初元年（二二〇）、曹操の死後まもなく、息子曹丕（文帝。一八七〜二二六）が後漢王朝を滅ぼし、魏王朝を立てたのに対抗して、翌年、小なりと雖《いえど》も蜀王朝を立て皇帝にまで上りつめる。負けつづけだった劉備の人生はこうして奇跡の大逆転を遂げたのである。

しかし、劉備自身にとって、皇帝になったことよりも、義弟の関羽が曹操と手を組んだ孫権に殺されたことのほうがはるかに重大だった。かくして、諸葛亮らの反対を押し切り、報復を期して呉に攻め込んだものの、あえなく大敗を喫し、できのよくない息子の劉禅を諸葛亮に託して絶命するにいたる。考えてみれば、いつも煮え切らない劉備が断固たる決意のもとに行動したのは、諸葛亮を獲得しようとしたときと、この呉に対する報復戦のときの二度のみだといっても過言ではない。諸葛亮を獲得して上昇気流に乗り、関羽のための報復戦に失敗して死にいたったというわけだ。

総じて、演義世界の劉備の役割は、みずから強烈にリーダーシップを発揮することなく、けっして裏切り裏切られることのない「俠の精神」で結ばれた義弟の関羽や張飛、さらには諸葛亮をはじめとする配下を信頼し、彼らに思う存分、腕をふるわせるところにある。このため、その英雄性が今ひとつ鮮明に浮かび上がってこない憾みがある。しかし、先述のとおり、結果がどうであれ、ここぞというときの決断と行動には凄みがあり、さすが関羽や張飛のような荒武者や、諸葛亮のような稀有の智者を引きつけただけのことはあると納得させられるのである。

曹操――乱世の奸雄

演義世界の悪玉、曹操（一五五〜二二〇）のイメージは劉備とはまったく対照的である。たとえば、劉備が漢王朝の末裔という高貴性をもつのに対して、曹操は諸悪の根源とされる宦官系（曹操の父は有力な宦官の養子）の出身であること、劉備が穏やかな「仁君性」を表看板とするのに対し、曹操は「寧《むし》ろ我れをして天下の人に負《そむ》かしむるも、天下の人をして我れに負かしむること休《なか》れ（私が天下の人を裏切ろうとも、天下の人に私を裏切るような真似はさせぬ）」（『演義』第四回）と、みずから「奸雄性《かんゆう》」を標榜してはばからないという具合だ。

曹操は二十歳のとき、狭き門である「孝簾《こうれん》」に推挙され官界に入ったが、出自のいかがわしさを払拭すべく、意識的に反宦官派の旗幟を鮮明にし豪腕をふるった。このため、けむたがられ官吏としては不遇だったが、まもなく黄巾の乱が勃発すると、正規軍を率い黄巾の主力軍を撃破する戦功を立て、すぐれた軍事家としての片鱗を見せる。劉備が義勇軍上がりであるのに比べると、スタートから曹操のほうが圧倒的に優位だったといえよう。

屋台骨の傾いた後漢王朝は、黄巾の乱はなんとか鎮圧したものの、崩壊の一途をたどり、中平六年（一八九）、宮中の混乱に乗じ、主導権をとった凶暴な軍閥、董卓によって実質的に滅ぼされてしまう。曹操が前記の名セリフを吐いたのは、この董卓を殺害しようとして失敗、首都洛陽から脱出したときのことである。

やがて董卓討伐を合言葉に各地で群雄が蜂起し、曹操も一族の曹仁、曹洪、夏侯惇《かこうとん》、夏侯淵らを核とする軍団を結成、挙兵した。曹仁らはいずれも抜群の軍事能力をもつ猛将であり、以後、戦いに明け暮れる日々を送った曹操にとって、強固な信頼関係に結ばれた、かくも強力な血縁武力集団を擁していたことは、圧倒的な強みになった。まもなく曹操は各地の群雄に檄を飛ばし、袁紹《えんしょう》を盟主とする董卓討伐連合軍を結成するが、群雄相互の疑心暗鬼が災いし、董卓を撃破するにはいたらなかった。こうして勢力を温存したまま根拠地にもどった群雄は、初平三年（一九二）、董卓が養子の呂布に殺害されたあと、血で血を洗う激しい主導権争いを演じることになる。

このころ、東郡（河南省）を根拠地としていた曹操は、宦官派と対立する良識派知識人グループ清流派の若きホープ荀彧《じゅんいく》（一六三～二一二）を軍師に迎え、群雄グループのトップに躍り出る契機をつかんだ。曹操は宦官系の出身ながら、若いときから清流派の大物に乱世向きの逸材として高く評価され、みずからも意識的に清流派寄りのスタンスをとりつづけてきたことが功を奏して、荀彧をかわきりに、その従子《おい》の荀攸《じゅんゆう》、程昱《ていいく》など、清流派の有能な人材が続々と彼の傘下に入り、曹操政権の戦略面、行政面を支える中軸となった。曹操は非常に自己主張のつよいタイプながら、特に初期には、妥当な意見に虚心に耳を傾ける度量の広さがあり、清流派系の有能な知識人をどんどん活用したのだった。

こうして、強力な血縁武力集団を中心とする軍事力と有能な文官集団による戦略性を兼ね備えた曹操は、建安五年（二〇〇）、最大のライバル袁紹を撃破して群雄の主戦場たる華北を制覇し、その七年後の建安十二年には袁紹の残党を殲滅、北中国全体を支配下に入れた。この間、知恵袋として曹操をバックアップしつづけたのは、かの軍師荀彧にほかならない。しかし、両者の絶妙のコンビネーションは、建安十三年、全土統一を目指す曹操が大軍を率いて南下、「赤壁の戦い」で周瑜の率いる呉軍に不覚の大敗北を喫したあたりから、徐々に雲行きが怪しくなってくる。

さかのぼってみれば、建安元年（一九六）、曹操は荀彧らの提案に従い、もはや名のみの皇帝にすぎない後漢の献帝《けんてい》の後見人となり、みずからの根拠地許《きょ》（河南省）に迎え入れた。こうして錦の御旗をかつぎ、政治的に優位に立ったことが陰に陽にじわじわと効を奏し、軍事力において圧倒的にまさる袁紹を撃破することにつながったともいえよう。

しかし、曹操にとって献帝、ひいては後漢王朝があくまで利用価値のある表看板にすぎなかったのに対し、荀彧が曹操に期待した役割は後漢王朝の救済者でありつづけることだった。この思惑の違いが、赤壁の戦い後、曹操がとみに権力欲を増すにつれ、決定的なものとなり、両者の間の亀裂は深まる一方となる。この結果、建安十七年（二一二）、荀彧は自殺に追い込まれてしまう。臨終のまぎわまで、名軍師諸葛亮に頼りきり、信頼関係を保ちつづけた劉備と異なり、曹操は自分自身のビジョンをもち、利用価値がなくなれば名軍師荀彧さえ見限る冷酷非情の面もたしかにあった。『演義』に描かれる曹操は悪玉とはいえ、その実、単純にわりきれない複雑なイメージを呈している。概して、荀彧をはじめとする頭脳派の軍師には警戒心をとかず、時と場合によっては切り捨てることも厭わないが、一族の部将のみならず、純情一途な豪傑の親衛隊長典韋《てんい》や許褚《きょちょ》など、剛直な武人には手放しでほれ込み、深い信頼を寄せる。劉備の義弟関羽に徹底的にほれ込んだのも、そんな曹操の一面を示すものである。

『演義』は、後漢王朝を執拗に圧迫し、晩年になるにつれ、多くの人材を殺す曹操の悪なる面を誇張して描く一方、ほとんど無邪気に豪傑を賛嘆するその好ましき面もきっちり描出している。こうした振幅のある曹操像を浮き彫りにしたことによって、『演義』は単なる善玉・悪玉の二項対立に終始することなく、成熟した歴史文学となったといえよう。

ちなみに、曹操は権力欲に駆られながらも、ついに皇帝となることなく、この世を去った。総じて、曹操の生涯は戦乱を終息させ、平穏な世界を築こうとする夢と、あられもない野望のせめぎあいであり、史実においても『演義』においても、曹操はそうした矛盾をむしろあっけらかんとさらけだしているかに見える。この曹操といい、負けつづけたあげく、名軍師を得て奇跡の逆転を果たしながら、みずから好んで破滅的な戦いに乗り出し死んでいった劉備といい、三国志世界の英雄はそれぞれ一筋縄ではゆかない屈折をかかえ、まことに奥深い魅力に富んでいる。

孫権――守勢の三代目

漢王朝の末裔と称しながら、その実、貧窮のどん底からはいあがってきた劉備も、出自のうさん臭さを跳ね返し、群雄のトップに躍り出た曹操も、自力で道を切り開いてきた人々である。これに対して、呉のリーダー孫権（一八二～二五二）は父の孫堅（一五七？～一九三？）、兄の孫策（一七五～二〇〇）が培った基盤を受け継いだ三代目だった。

孫堅は曹操や劉備と同世代だが、若いころから勇名高く、故郷の江東（長江下流域）界隈で地方官として睨みをきかせた。黄巾の乱が勃発すると、配下の部将程普《ていふ》・黄蓋《こうがい》・韓当《かんとう》を中核とする荒くれ軍団を率いて後漢軍に加わり、向かうところ敵なしの大活躍によって、黄巾討伐の立役者となった。孫堅は武勇にすぐれるとはいいがたい曹操や劉備と異なり、まことに勇猛果敢、ずばぬけた個人的武力の持ち主であり、戦場では常にみずから軍団を率いてまっさきに攻撃をかけるタイプだった。このため、董卓討伐のさいにも、群雄連合軍の先頭を切って、董卓軍と激戦をくりかえし、めざましい戦果をあげた。『演義』にもこのときのダイナミックな孫堅の姿が活写されている。しかし、孫堅の運命は唐突な幕切れを迎える。初平四年（一九三）、孫堅は盟友袁術《えんじゅつ》の指示を受けて、荊州の劉表攻撃に向かう。このとき、単騎で山中を視察中、劉表の部将の黄祖《こうそ》の配下に襲撃され、あえなく落命したのである。享年三十七。ちなみに孫堅の没年については初平二年など諸説がある。

孫堅の長男孫策は父譲りの攻撃的性格をもつ軍事的天才だった。父の死後、彼は寿春《じゅしゅん》（安徽省）を根拠地とする袁術に身を寄せるが、やがて狡猾な袁術に見切りをつけて自立し、宿将の程普・黄蓋・韓当らを中心とする父の代からの軍団を率いて、江東進撃を開始する。このとき、これまた天才的な軍事能力をもつ幼馴染みの周瑜（一七五〜二一〇）も手勢を率いて駆けつけ、孫策を大いに喜ばせた。まだ二十歳そこそこの孫策と周瑜は一致協力して快進撃をつづけ、わずか二、三年で、江東の主要地域を制覇、孫策は「江東の小覇王」と称されるにいたる。

しかし、孫策の運命もまたあっけなく終幕を迎える。建安五年（二〇〇）、曹操が袁紹と対戦している隙をつき、その根拠地許を急襲しようとした矢先、刺客に襲われて深傷を負い、絶命したのである。ときに二十六歳。臨終にあたり、孫策は孫権に、「江東の軍勢を挙げて、戦場で伸《の》るか反《そ》るか勝負を決し、天下分け目の戦いをすることにかけては、おまえは私にかなわない。しかし、賢明な人物や有能な人材を任用し、それぞれに力を尽くさせて、江東の地を守りぬくことにかけては、私はおまえにかなわない」（『演義』第二九回）と、弟の持ち味を的確に評価した遺言を残し、乱世を閃光のようにつらぬいた短い生涯を終えた。

孫策の言葉どおり、孫権は「碧眼紫髯《へきがんしぜん》」、鬼面人を驚かす魁偉な容貌とはうらはらに、独断専行することのない慎重な性格だった。だから、赤壁の戦いに踏み切るさいにも、お目付け役の大物文官張昭《ちょうしょう》を中心とする降伏派と、周瑜・魯粛《ろしゅく》をはじめとする主戦派に思う存分、議論させたうえで、曹操との決戦を決断するという姿勢を崩さなかった。劉備側と手を組んだとはいえ、実際に曹操の公称一〇〇万の大軍と戦ったのは、周瑜の率いるわずか二万の呉軍であり、この決戦は慎重な孫権にとって一世一代の賭けだったといえよう。しかし、「江東の地を守りぬく」にはこの選択しかない。

結果として、兄の盟友周瑜の鮮やかな指揮と歴戦の宿将の大活躍によって、圧倒的劣勢にあった呉軍は曹操軍をこっぱみじんに撃破して追い払い、孫権はこの賭けに勝ったのだった。

演義世界において、孫権の颯爽たる見せ場は赤壁の戦い前後に集中している。これ以後、荊州の支配をめぐって劉備側と小競り合いを繰り返すうち、建安十五年（二一〇）、周瑜が若くして病没、その四年後に劉備が蜀を領有すると、一転して曹操と手を組み、劉備側の荊州軍事責任者の関羽を攻撃して殺害するなど、孫権のイメージはわるくなる一方だ。

客観的に見れば、不倶戴天の仇敵同士たる曹操と劉備の間で、孫権はキャスティングボートを握る存在であり、彼の動きによって実際の歴史も演義世界も、大きく揺れ動き興趣をましているのは事実である。しかし、こうした役回りはいかにも爽快感に欠け、後味がわるい。赤壁の戦い後、精彩を失ってゆく孫権ひいては呉に、活力を与えたのは、周瑜亡き後、いずれもすぐれた軍事責任者となった魯粛、呂蒙《りょもう》、陸遜の存在である。孫策の遺言どおり、孫権は彼らに存分に力を尽くさせ、江東の地を守りぬいたのだった。

こうしてみると、やはり孫権はいかにも三代目、かかる火の粉を払うことは厭わないものの、あたうかぎり冒険を回避し、守勢をつらぬこうとするタイプだといってよかろう。ちなみに、劉備の死後、北伐をめざす諸葛亮は孫権との悪化した関係の修復をはかり、孫権はこれに応じた。以後、蜀と呉の同盟関係は長らく維持されるが、演義世界における孫権の出番はほとんどなくなってしまうのである。

漢王朝の末裔という高貴性だけを売り物に、その実、下層からはいあがり、負けつづけ逃げつづけながら、奇跡の逆転勝利を果たし、最後にまたも大負けして潔く死んでいった劉備。かんばしからぬ出自をむしろバネとし、あくどいまでに鋭敏な知性によってすぐれた人材をコマとして動かし、政治・文化の中心たる北中国の実質的な支配者となりながら、ついに皇帝にならなかった曹操。よくもあしくも三代目の孫権。この三者三様のリーダーの周囲を、星雲のように多種多様のユニークな登場人物がとりまく。三国志世界は史実においても、『演義』の物語世界においても、まさに「応接に暇《いとま》のない」興趣にあふれているのである。

（『中央公論』二〇〇八年六月号）

白話長篇「五大小説」をめぐって

中国の古典小説には文言《ぶんげん》（書き言葉）小説と白話（話し言葉）小説の二種類があるが、中国小説史の本流をなすのは後者であり、その母胎となったのは、北宋（九六〇〜一一二七）以来、聴衆を相手に講釈師が語った「語り物」である。語り物には連続長篇物と単発一回物があり、前者が『三国志演義』『西遊記』『水滸伝』等の大白話長篇小説に結実する。このうち、『三国志演義』と『水滸伝』が成立したのは十四世紀中ごろの元末明初だが、『西遊記』は成立が遅れ、約二百年後の明代中期になってようやく完成されたとおぼしい。

ところが、白話長篇小説の流れは、『金瓶梅』に至って大転換を遂げる。十六世紀の明末に著された『金瓶梅』は先行作品とは異なり、最初から単独の作者によって書かれた。しかし、『金瓶梅』の作者は、「語られたもの」とは異質な「書かれたもの」としての物語世界を構築するにあたり、ほかならぬ語り物から生まれた『水滸伝』の一挿話を踏み台にしつつ、まったく様相の異なるエロス的世界を展開するという、離れ業をやってのけた。

『金瓶梅』の成立から百五十年後、十八世紀中ごろの清代中期、『金瓶梅』を下敷きとしながら、内容から見ても表現から見ても格段にレベルの高い、精緻な物語世界を構築した長篇小説が出現する。曹雪芹の手になる白話長篇小説の金字塔『紅楼夢』である。

「五大小説」、すなわち中国白話長篇小説の五大傑作である『三国志演義』『西遊記』『水滸伝』『金瓶梅』『紅楼夢』には、「語られたもの」から「書かれたもの」へと精度を高めながら移行した中国白話長篇小説の流れが如実に映し出されている。しかし、変遷を重ねつつも、実は、語り物を起源とする『三国志演義』『西遊記』『水滸伝』と、語り物から遠く離れた『金瓶梅』『紅楼夢』には、形式・内容の両面において深い共通性がある。

まず形式的には、『三国志演義』をはじめ、語り物から生まれた作品は連続長篇講釈のスタイルを踏襲し、初回から最終回まで一回ずつ区切りながら回を連ね、語り進める「章回小説」の形をとる。『金瓶梅』および『紅楼夢』もこのスタイルを受け継ぎ、存分に活用して、物語世界を構築しているのである。

内容的には、『三国志演義』などは講釈師の語り口さながら、膨大な登場人物を描き分けるにあたり、内面や心理のような「見えないもの」より、風貌や行動形態あるいは社会や集団における役割など、「見えるもの」の記述に重点を置く。こうして登場人物を外面的に特徴づけたうえで、彼らの複雑な関係性に着目しつつ物語を展開してゆくのだ。これは物語世界全体に網の目のように張りめぐらされた、「登場人物の関係性」を全面的に追跡する、「全体小説」の語り口である。この独特の語り口も精錬の度を高めつつ継承されてゆく。

面白いことに、このように「登場人物の関係性」を最重要視する中国白話長篇小説においては、『三国志演義』の劉備、『西遊記』の三蔵法師、『水滸伝』の宋江、『金瓶梅』の西門慶、『紅楼夢』の賈《か》宝玉《ほうぎょく》など、総じて「中心人物」はいたって影がうすい。いわば膨大な登場人物をつなぐ触媒のような存在にすぎないといってよかろう。

ちなみに、多くの女性とかかわるという点で、『源氏物語』の主人公光源氏と『紅楼夢』の中心人物賈宝玉はしばしば比較されるが、これは文字どおり似て非なるキャラクターにほかならない。なぜなら、光源氏が次々に個別の女性にかかわり遍歴する行動者であり、真の意味で主人公として設定されているのに対し、賈宝玉はあくまで美少女群像を賛美する観察者であり、少女世界の狂言回しとして設定されているのだから。文字化された優美な宮中絵巻ともいうべき日本宮廷文化の精髄『源氏物語』と、盛り場講釈から生まれた中国白話小説の洗練の極『紅楼夢』の、この決定的な差異にはなかなか興味深いものがある。

（『京都新聞』二〇〇八年七月一日）

白話小説と祝祭

長篇、短篇を問わず、北宋以来、街の盛り場で語られた講釈を母胎とする、中国白話小説の物語世界は、上元節や清明節など、非日常的な祝祭の時空を核として展開されるケースが多い。上元節は上元の日にあたる旧暦一月十五日を中心に行われる祝祭で、元宵節、灯節《ドンジエ》とも呼ばれる。この日には、街のいたるところに提灯山が設けられ、夜間交通禁止令も解除されて、夜どおし見物客でにぎわう。また、清明節は二十四節気の一つであり、陰暦の春分から十五日目、陽暦では四月五、六日にあたる。この日には、一族郎党うちそろって先祖の墓参をおこなう。この両日には、ふだん外出などしない深窓の令嬢や夫人も着飾って繰りだすため、思わぬ出会いから恋の花が咲いたり、奇想天外な事件がおこったりする。まさしく、盛り場育ちの白話小説にとって絶好の舞台である。

梁（五〇二〜五五七）の宗懍《そうりん》著『荊楚歳時記《けいそさいじき》』によれば、上元節には豆粥を作って門戸を祭る風習があったとされる。これがしだいに転化し、唐末五代に生きた王仁裕《おうじんゆう》（八八〇〜九五六）の手になる『開元天宝遺事《かいげんてんぽういじ》』に、楊貴妃の姉韓国夫人がこの日に巨大な提灯山を作ったとの記述が見えることからも、唐代に灯りの祝祭の性格をもちはじめたことがわかる。北宋になると、これが階層を越えた大々的な灯りのカーニバルへとなってゆく。

「志誠張主管」の場合

北宋以来の講釈師のテキスト「話本」を編纂したとされる、『京本《けいほん》通俗小説』に収められた白話短篇小説「志誠張主管《しせいちょうしゅがん》」（『警世通言』巻十六に「小夫人　金銭を年少に贈ること」というタイトルで収録）は、この灯りのカーニバル上元節が、物語展開上、効果的に運用されている早い例である。「志誠張主管」の物語はざっと以下のように展開される。

ときは北宋、首都開封の富裕な糸屋の経営者、張士廉《ちょうしれん》は妻と死別し子供もなかったため、六十を越してから、高級官僚王《おう》招宣（招宣は官名）の元側室を小夫人として娶った。彼女は若くて美貌の持ち主だったが、王招宣の勘気にふれ、莫大な持参金付きで嫁に出されたのである。張士廉にとっては願ってもない話だったが、元側室のほうは老人の夫が嫌でたまらない。そんなおり、元側室はひょんなことからまだ三十そここの番頭、張勝《ちょうしょう》に好意をもち、ひそかに大枚の金子や衣類を贈って自分の気持ちを示した。まじめな張勝は不安になって母と相談のうえ、事が紛糾しないうちに糸屋をやめ、長らく自宅に引きこもる日々を送る。

やがて上元節となり、張勝は母の許しを得て提灯山見物に出かけ、久しぶりに糸屋の前を通った。すると、驚いたことに店は封鎖され、張士廉の罪状を記した告示が張り出されているではないか。呆然とする張勝の前に、やつれた元側室が出現し、主人が逮捕されて身の置き所もないため、しばらく張勝の家においてほしいと懇願し、唯一、お上の没収を免れたという百八粒の西珠で作られたりっぱな数珠を差し出す。これを売って生活費の足しにしてほしいというのだ。やむなく家に連れ帰ったところ、張勝の母も同情して同居を許可した。以来、張勝は前にもらった金子と数珠を少しずつ切り売りして、これを元手に小間物屋を開き、順調に売り上げをのばした。この間、元側室はしきりに張勝を誘惑したが、堅物の彼はまったく反応せず、ただ主人の奥方として丁重に扱うばかりだった。

まもなく清明節となり、張勝も郊外に出かけた。その帰途、張士廉と出くわし、意外な話を聞かされる。元側室が王招宣のもとから貴重な数珠を持ち出したかどで、張士廉は逮捕・拷問されたが、まったく身に覚えがなく、そのうち元側室は自殺してしまい、数珠の行方も不明のままとのこと。怪訝に思った張勝が帰宅し元側室を問い詰めているとき、張士廉が訪れ、彼女はかき消えてしまう。元側室は幽霊であり、幽明境を越えて恋しい張勝を追いかけて来たのだった。けっきょく、張勝は王招宣に数珠を返し、切り売りした分も弁償して許してもらい、張士廉も無実が認められて、まずは一件落着となる。

この「志誠張主管」では、上元節に張勝のまえに幽霊と化した元側室が出現し、清明節に幽霊であることが露見して退場するという具合に、非日常的な祝祭の時空において、異界からやって来た幽霊と現世の人間の出会いと別れが設定され、不気味にして哀切な物語が展開される仕掛けになっている。

『水滸伝』の場合

やはり講釈を母胎とする白話長篇小説『水滸伝』においても、上元節の出来事が物語展開における重要な転回点となるが、「志誠張主管」とは大いに様相を異にする。百回本『水滸伝』において、上元節がクローズアップされるのは第七十二回である。これに先立つ第七十一回では、宋江《そうこう》を筆頭に百八人の主要メンバーがせいぞろいし、忠義堂に集まって席次と役割分担をきめる輝かしい場面が描かれている。まさに梁山泊軍団のクライマックスである。

このあと、宋江の招安（朝廷に帰順すること）への渇望はつのるばかりだった。かくして、つづく第七十二回では招安への手がかりを得るべく、上元節の提灯見物を口実に、燕青《えんせい》、李逵《りき》、戴宗《たいそう》、柴進《さいしん》の四人をお供に引き連れて、混雑にまぎれて開封に潜入する。このとき大活躍したのは、全身に刺青をほどこした、いなせな色男の燕青だった。燕青は徽宗《きそう》の思い者である妓女李師師《りしし》に巧みにわたりをつけ、上元節の夜、宋江ともども彼女の妓楼にあがって、酒宴をともにする。徽宗がしばしばお忍びで李師師のもとに通ってくるため、彼女を通じて徽宗と招安の交渉を進めたいというのが、宋江の本音だった。

しかし、この計画は頓挫した。酒宴の途中、徽宗が突然、李師師のもとにあらわれたまではよかったが、いいかげんむしゃくしゃしていた暴れ者の李逵が、徽宗について来た楊太尉（楊戩《ようせん》。北宋末の四悪人の一人）をいきなり殴り倒し、ひっくり返るような大騒ぎになったのである。宋江らは梁山泊から派遣された援軍に助けられ、かろうじて城外に脱出するしまつだった。こうして第一次招安工作は失敗したものの、李師師との出会いが、次の本格的な招安工作のための大きな布石となる。

この『水滸伝』第七十二回にみられる、上元節における宋江らと李師師の出会いは、先の「志誠張主管」のケースとは異なり、あくまで現世的かつ現実的なレベルの出来事である。しかし、階層や性差を無化する祝祭の時空において、雲の上に位置する、いわば異界の存在である皇帝に繋がる李師師と、梁山泊に依拠する無頼集団のリーダーが出会うという、『水滸伝』の仕掛けは、やはり幽霊と人間の出会いを描く「志誠張主管」と深いところで通底するものだといえよう。

『金瓶梅』の場合

『水滸伝』を下敷きにして生まれた『金瓶梅』の物語世界には、物語時間の経過に合わせて、繰り返し上元節の描写が出てくる。最初の上元節は第十五回、主要な女性登場人物の一人、李瓶児《りへいじ》絡みで描写される。この時点で、西門慶の家にはすでに正夫人の呉月娘《ごげつじょう》から第五夫人の潘金蓮まで五人の顔ぶれがそろっていたが、かねて西門慶と深い関係があり、夫と死別した李瓶児は、なんとか第六夫人におさまりたいと思いをつのらせる。

そこで、李瓶児は夫人たちの心証をよくするため、まず一月九日、潘金蓮の誕生日に豪華な贈り物を携えて西門家を訪問する。こうして顔合わせしたあと、李瓶児の誕生日でもある一月十五日、上元節の夜、今度は夫人たちが提灯山でにぎわう通りに面した李瓶児の家を訪問する。彼女たちは提灯をながめながら酒宴に興じ、羽目をはずした祝祭の雰囲気のなかで、気分的にのびやかに解放されるのである。もっとも、このあとすぐに大事件がおこり、李瓶児が実際に第六夫人になるには、もう少し時間がかかるのだけれども。

『金瓶梅』に描かれる上元節の特徴は、それがむしろ女性たちの祝祭であり、ことに今あげた第十五回では、西門家内部の女性と、彼女たちとは異質な外部的存在（李瓶児）とが、違和感を無化し、境界を越えて「交流」する仕掛けとして設定されていることである。『金瓶梅』は講釈師のテキストを編纂・整理して成った『水滸伝』を下敷きにしているとはいえ、最初から単独の著者の手になる作品だと思われるが、非日常的な祝祭の時空にスポットをあてる盛り場講釈の仕掛けや語り口を巧みに受け継ぎ、転用しているといえよう。

付言すれば、『金瓶梅』第九十回には、西門慶の死後、清明節の日に残された夫人たちが墓参に出かけ、その帰途、野外で食事をしたとき、第三夫人孟玉楼《もうぎょくろう》がさる貴公子に見初められる場面もある。いずれにせよ、『金瓶梅』の物語世界が祝祭的時空と深く関わりながら、展開されていることがわかる。

『紅楼夢』の場合――むすびにかえて

『金瓶梅』の物語世界を浄化し、格段に精錬して成った中国古典小説の金字塔、『紅楼夢』においても、上元節は物語展開上、重要な役割を果たしている。『紅楼夢』でもっとも華麗な上元節の描写がみられるのは、第十八回、宮中にあがり貴妃となった元春《げんしゅん》が、この夜、賈家の豪奢な庭園「大観園」に宿下がりする場面である。賈家の老太太《ラオタイタイ》をはじめ一族が待ち受けるなかに、元春が登場するくだりには、これまた異界から来訪する佳人の趣がある。

元春のしばしの宿下がりのために造営された大観園は、その後、賈家の美しい少女たちとその崇拝者たる賈宝玉が住み、しばし夢のような日々を送る。ここでは、『金瓶梅』のように、小刻みに祝祭を挿入するのではなく、日々、大観園でくりひろげられる生活そのものが、総体として祝祭的時空をなしていると考えられる。

ちなみに、『紅楼夢』第五十三回から第五十四回において、もう一度、賈家をあげて盛大に上元節を祝う情景が描写されている。老太太と機転のきく若夫人の王熙鳳《おうきほう》が笑い話を披露し、大観園に住む美少女をはじめ、賈家の人々が笑いさざめくさまは、まさに絶頂のときを示している。しかし、この至福のときを境に、賈家はしだいに凋落するに至る。

元春が里帰りした上元節からその翌年のこの上元節までが、『紅楼夢』世界において、文字どおり、大観園を中心舞台とするクライマックスにほかならない。二つの上元節はその祝祭的時空を枠づける作用を果たしているといえよう。

簡潔に祝祭をポイントに物語世界を構築する「志誠張主管」はさておき、百八人の豪傑の運命を記す『水滸伝』も、新興商人西門慶とその周囲の女性たちの運命をたどる『金瓶梅』も、賈宝玉と美少女たちを中心に賈家の栄光と悲惨を描く『紅楼夢』も、それぞれ物語世界のなかで祝祭的時空を繰り広げたあと、下り坂にさしかかり、登場人物の転落、消滅を追跡して幕を下ろす。

この中枢をなす祝祭的時空を、『水滸伝』は物語展開の転回点で現実の祝祭と交差させることで区切り、『金瓶梅』は現実の祝祭と物語世界をクロニクルに絡ませることで刻々とたどり、『紅楼夢』は現実の二つの祝祭によって枠付け、物語世界のクライマックスとして浮き彫りにする。いずれにせよ、中国古典小説と祝祭は、まさに切っても切れない関係があると、いまさらのごとく感じ入るばかりである。

（『東方』三〇五、二〇〇六年七月）

V

近代中国の文学観——翻訳を手がかりに

中国近代翻訳事情

外国小説の翻訳概況

中国では十九世紀の末から二十世紀の初めにかけて、おびただしい量の翻訳がなされた。文学に限って見ても、一八七〇年代から、五・四運動がおこった一九一九年までの約半世紀に翻訳された外国の文学作品（小説・戯曲・詩など）は、郭延礼著『中国近代翻訳文学論』（湖北教育出版社、一九九八年）によれば、二千七百種になんなんとするという。

圧倒的多数を占めるのはいうまでもなく小説の翻訳であり、長篇・短篇おりまぜて総数二千五百六十七種、うち原著の判明しているものは、千七百四十八種だとされる。このうち、もっとも多いのがイギリスの小説（千七十一種）、ついでフランス（三百三十一種）、ロシア（百三十三種）、日本（百三種）の順になる。日本の小説は意外に少なく、日本語から重訳された外国小説（ロシアの小説が多い）約百八十種を合わせても、イギリスはむろんのこと、フランスにも及ばない。

どんな作家の小説が翻訳されていたかというと、これがまさに玉石混淆。今も高く評価される著名な作家の名作もあれば、時の経過のなかで淘汰され、原著（著者・原題など）さえ不明なものもある。試みに、翻訳された主要作家を国別にあげて見れば、以下のとおりである。

［イギリス］
莎士比亞（シェイクスピア）、丁尼生（テニソン）、笛福（デフォー）、司可特（スコット）、斯威夫特（スウィフト）、王尓徳（ワイルド）、柯（可）南・道尓（コナン・ドイル）、拝倫（バイロン）、雪萊（シェリー）
［フランス］
大仲馬（大デュマ）、小仲馬（小デュマ）、雨果（ユーゴー）、莫泊森（モーパッサン）、龔古尓兄弟（ゴングール兄弟）、儒勒・凡尓納（ジュール・ヴェルヌ）
［ロシア］
普希金（プーシキン）、萊蒙托夫（レールモントフ）、契訶夫（チェーホフ）、屠格涅夫（ツルゲーネフ）、高尓基（ゴーリキー）
［日本］
徳冨蘆花、押川春浪、黒岩涙香

［ドイツ］
　歌徳（ゲーテ）、海涅（ハイネ）
［スペイン］
　塞（西）万提斯（セルバンテス）
［アメリカ］
　斯托夫人（ストー夫人）、馬克・吐温（マーク・トウェイン）、欧文（アーヴィング）
［ノルウェー］
　易卜生（イプセン）
［デンマーク］
　安徒生（アンデルセン）
［インド］
　泰戈尔（タゴール）

これを見ると、イギリス・フランス・ロシアの小説については、かなり幅広く網羅されていることがわかる。しかし、日本の小説については、押川春浪や黒岩涙香など当時の流行作家の作品の翻訳が大半を占め、二葉亭四迷・幸田露伴・樋口一葉・夏目漱石らの作品は一篇も翻訳されていないのが目立つ。

それはさておき、実のところ、上記の翻訳の大半は一八九〇年代以降（とりわけ一八九五年以降）になされている。この翻訳ブームの先駆けになったのは、アメリカの作家エドワード・ベラミー（中国では現在、愛徳華・貝拉米と表記。一八五〇～一八九八）の著した未来小説『ルッキング・バックワード（Looking–Backward 2000-1887）』である。

著者のベラミーは、弁護士出身のジャーナリストだが、『ルッキング・バックワード』は、一八八八年、刊行と同時にベストセラーとなり、アメリカとイギリスで百万部売ったとされる。

『百年一覚』の物語展開

『ルッキング・バックワード』刊行の三年後の一八九一年、早くも中国で翻訳が出現、これを皮切りに以後、次にあげる三種の翻訳がなされた。

一、『回頭看紀略』（析津訳）（『万国公報』一八九一～一八九二連載）
二、『百年一覚』（李提摩太節訳）（上海広学会刊　一八九四）
三、『政治小説　回頭看』（訳者未詳）（『繡像小説』一九〇四連載）

三種とも全訳ではなく、節訳すなわちダイジェスト版である（全訳の刊行ははるかに遅れる。初訳からおよそ百年後の一九八四年、商務印書館から刊行された、林天斗・張目謀訳『回顧』がこれにあたる)。ダイジェスト版ながら、このアメリカの未来小説の翻訳は、中国の知識人に強い衝撃を与えた。三種の翻訳のうち、とりわけ広く読まれ、深甚な影響を与えたのは二番目にあげた、李提摩太《リッチモンド》訳の単行本『百年一覚』である。なぜ、この小説が中国の知識人にとってそんなに衝撃的だったのか。それを考えるに先立ち、まず『ルッキング・バックワード』すなわち『百年一覚』の物語展開を見てみよう。

ときは一八八七年、舞台はアメリカの首都ワシントン。主人公のウェスト(一八五七年生)は当年とって三十歳、先祖の遺産で悠々自適の生活を送る青年であり、イディス・バトラーなる美貌の婚約者がいる。何の不足もなさそうなのに、どうしたわけか、彼は強度の不眠症に悩まされている。ワシントンにある先祖代々の古い屋敷に、黒人の下僕と二人で住んでいるのだが、周囲に工場が建ちはじめ、日夜、騒音が絶えないため、不眠症はつのる一方だった。たまりかねたウェストは地下に寝室を作った。この地下寝室は完璧に防火・防水設備を施し、空気管を通して地上から清浄な空気を導入する仕掛けになっていた。

こうして外界から完全に遮断された密室状態の地下寝室にこもっても、ウェストの不眠症はなかなか解消しない。そこで、一八八七年五月三十日、彼は医者から睡眠薬をもらって飲み、ようやく深い眠りに入った。ところが薬がききすぎたのか、なんとウェストはそのまま百十三年間も眠りつづけ、目がさめてみると、すでに西暦二〇〇〇年になっていた。実は、彼が眠った直後、屋敷が火事で丸焼けになったが、防火設備の整った地下室にいた彼は難を免れた。しかし、地下寝室の所在がわからなくなったため、誰にも発見されず、そのままずっと眠りつづけていたのである。不思議なことに、この間ウェストはまったく年をとらず、三十歳の青年のままだった。

二〇〇〇年の現在、ウェスト邸の跡には、リドーという老医師とその妻、および彼らの美しい娘の三人家族が住んでいた。娘の名は奇しくもウェストの婚約者と同様、イディスであった（のちに判明するが、この娘はウェストの婚約者の曾孫にあたる）。百有余年の眠りから覚めたウェストをたまたま発見したリドー一家は、時を超えてやって来たこの珍客を心から親切にもてなす。かくして、一八八七年から一足飛びに二〇〇〇年へとタイムスリップしたウェストは、以後、リドー一家の案内で百有余年後の世界を見聞することになる。

つまるところ、この『百年一覚』という小説は、上記のような設定のもとに繰り広げられた、一種の未来旅行記なのだ。これが書かれたのは、主人公のウェストが眠りに落ちたとされる一八八七年であり、当時の人々が百有余年後の西暦二〇〇〇年の世界について、いかなるイメージを持っていたかを知るための、格好の材料でもある。まさしく西暦二〇〇〇年の現在、この小説を読むと、予想が当たっている場合もあれば、まったくはずれている場合もあり、その落差が実に面白い。概して、当たっているのは、テクノロジーの進歩についてであり、はずれているのは政治・経済体制についてだ。

『百年一覚』に描かれる未来社会は、端的にいえば、空想的社会主義に彩られたユートピア社会である（作者のベラミーは空想的社会主義者だった）。企業はすべて国営化され、経済は徹底した計画経済で貨幣もない。貨幣のかわりに、人々は国家が発行するチケットを受け取り、整備された分配のネットワークを通じて流通する商品を購入する。

国営企業一本槍で計画経済というと、恐ろしく国家権力が強いように見えるが、けっしてそんなことはない。国家の中枢機構を動かし、生産・流通を管理するのは、すべて各生産単位で選挙された人々であり、いわば単位連合体・単位協同隊が、国家機構を形成するという仕組みになっているのだ。このため、権力をふるう者もいなければ、汚職で私腹をこやす者もいない。貨幣がないのだから、こやしようがないのだ。以上のような、ユートピア的未来国家のイメージは、西暦二〇〇〇年の現在とは、およそ似ても似つかぬものだ。

また、『百年一覚』のユートピア社会では、あらゆる面において平等の原則が貫徹され、肉体労働も頭脳労働も賃金（受け取るチケット）に差はなく、むろん男女の格差もない。したがって、貧富の差もなく、犯罪もおこらないから裁判所も監獄もない（交通整理などをする警察官だけがごく少数いる）。

このなんともきれいさっぱりしたユートピア社会で、とりわけ面白いのは、余暇を重視するシステムが完備していることだ。ここでは、だいたいすべての人間が二十一歳まで学校教育を受けたあと、適性に応じて各種の職業（自由業もあり）につくが、どの単位でも定年は四十五歳（在職年数は二十四年間）。あとは年金にあたるチケットを受け取りながら、自分の好きなことをして悠々自適の生活を送る。これが一応のきまりだが、半分の十二年間働き、三十三歳で希望退職し、悠々自適に移行することも可能だ。もっともこの場合は、退職後受け取る年金チケットも半分になる。これまた、この先、年金さえ支給されるかどうかわからず、下手をすれば死ぬまで働かなければならない、二〇〇〇年の現在とは大違いの、ゆとりあふれる未来イメージではある。

というふうに、『百年一覚』描くところの未来イメージは、政治・経済体制などの面では、実際の百年後の世界と大きく異なっている。しかし、その反面、先にも少しくふれたように、有線放送が発達し、各人がヘッド・ホンを耳に当てて好みの番組を聴くとされるなど、テクノロジーの進歩についての予想は、かなり的確だと言える。考えてみれば、政治・経済・労働問題は、この小説が書かれた百有余年後の現在も大した変化がなく、予想を超えて進歩したのはテクノロジーだけというのも、なんとも情けない話である。

それはさておき、百有余年の眠りから覚めた、この小説の主人公ウェストはリドー一家に導かれて、上記のようにすっかり様変わりした未来社会を、目のあたりにする稀有の体験をした。と、思いきや、実はこれは夢であり、はたと気がついてみれば、ウェストは自邸の地下寝室のベッドにいた。むろん、時は変わらず一八八七年のままだったというのが、この小説のオチである。

『百年一覚』の影響

未来にユートピア社会を設定する、このベラミーの小説『ルッキング・バックワード』のダイジェスト翻訳版『百年一覚』が一八九四年に刊行されると、大きな反響を呼び、当時の中国の知識人に測り知れないほどの影響を与えた。

ユートピア（理想郷）のイメージそのものは、古くは春秋時代（前七七一～前四〇三）の中頃に生きた、道家思想の祖、老子の著とされる、『道徳経』第八十章の「小国寡民」ユートピアや、東晋の詩人陶淵明（三六五～四二七）の手になる「桃花源記」に描かれるユートピア（桃源郷）等々の例があり、中国人にとってはけっして珍しいものではない。ただ、周知のごとく、陶淵明描くところの桃源郷では時間が停滞し、五百年前の生活スタイルがそのまま維持されていた。これを嚆矢として、中国では従来、過去の時間帯にユートピアを設定するのが慣いだ。この国ではもともと尚古主義が幅をきかせ、太古の時代にユートピアがあり、時代が下るとともに状況がわるくなるという考え方が支配的だったのである。

これに対し、『百年一覚』は未来にユートピアを設定しており、これがまず当時の中国の知識人にとって非常に衝撃的だった。極言すれば、この衝撃が、中国の知識人をして従来の過去志向から未来志向へと、ベクトルを転換させる契機の一つになったとさえいえるほどだ。むろん『百年一覚』

に描かれた、君主のいない平等な社会のイメージじたい、衝撃的だったことはいうまでもないが。

ここで、きわめて注目に値するのは、この未来ユートピアという、従来の中国に存在しない新しい発想を受け入れるために、当時の中国の知識人が、またまた極め付きの古典を引き合いに出すという操作を行っていることだ。康有為《こうゆうい》（一八五八～一九二七）著『大同書』（一九〇二年頃に完成）には、当時の中国の知識人がいかに外来の新思想を受容しようとしたか、そのプロセスがくっきりと刻み込まれている。付言すれば、『大同書』は、中国の古典を拠りどころとしながら、未来ユートピア社会のイメージを描いた作品にほかならない。

『大同書』が拠った主要な古典は、儒教の聖典「四書五経」の一つ、『礼記《らいき》』の「礼運篇」と、同じく『春秋』に解釈を施した三伝（『春秋左氏伝』『春秋公羊《くよう》伝』『春秋穀梁《こくりょう》伝』）の一つ、『春秋公羊伝』の二種である。『礼記』「礼運篇」には太古のユートピア「大同」についての言及があり、また『春秋公羊伝』は中国の伝統思想のなかで、例外的に未来志向性のつよい書物である。康有為は『大同書』執筆にさいし、これらの古典を縦横に活用し、とりわけ『春秋公羊伝』に由来する公羊家の「三世論」からヒントを得て、歴史の推移を「衰乱」「升平」「太平（大同）」の三段階に分け、時代が進むにつれて、人間社会はユートピア（太平・大同）に近づくとする説を、大々的に展開した。

『大同書』に描かれる未来ユートピア「大同社会」では、国家・階級・人種・男女等々の差はすべて廃絶され、全産業は公営となり、一つの世界政府のもとに無数の小政府が置かれ、自治が行われるとされる。一見したところ、ベラミーの『百年一覧』に描かれる未来ユートピアとの類似性は歴然である。康有為は『大同書』において、こうして儒教の聖典に依拠しつつ、外来のユートピア思想を巧みに受容・展開することに成功した。これぞまさしく古い革袋に新しい酒を盛る、苦肉の策だったといえよう。

以上のように、『百年一覚』は尚古主義を旨とする伝統中国の時間観・歴史観に揺さぶりをかけ、当時の知識人の意識のベクトルを転換させる契機の一つとなった。これとともに、いま一つ、『百年一覚』の翻訳は、看過できない重大な影響をもたらした。それは、中国の知識人に小説というジャンルの見直しを迫ったことである。『百年一覚』が翻訳・刊行された当初、誰もこれが小説だとは思わず、小説だとわかったとき、中国の知識人はまたまた衝撃を受けたという。

なるほど、中国には「文」を重んじる伝統が厳として存在する。しかし、伝統中国において「文」といえば、詩と文（文言で書かれた散文）のみを指し、小説は含まないのが常識である。むろん、中国においても小説は古くから作られつづけて来た。

中国古典小説の流れは二つに大別することができる。一つは、文言すなわち書き言葉で著された小説であり、今ひとつは白話すなわち話し言葉で書かれた小説である。

前者、文言小説の流れは、八世紀後半の中唐以降に盛行した、唐代の短篇小説群「唐代伝奇」を皮切りに、十九世紀の清末に至るまで、士大夫《したいふ》知識人が筆のすさびに著す「筆記小説」として、連綿と受け継がれてゆく。なにしろ筆のすさびなのだから、いくら文言を用いていても、正統的な詩文に比べれば、そのランクが格段に落ちるのはいうまでもない。
かたや、白話小説の起源となったのは、十世紀の宋代以降、盛んになった民衆世界の語り物である。これを文字化した講釈師のテキストを「話本」と称するが、この「話本」の文体には通常、講釈師の語り口をそのまま生かした、話し言葉の「白話」が用いられる。その後の中国古典小説史の主流となったのは、実は、この素性卑しき「話本」を源流とする、白話小説の方である。明代に刊行された「四大奇書」すなわち『三国志演義』『水滸伝』『西遊記』『金瓶梅』の四大白話長篇小説のうち、前三書はいずれも種々の「話本」を整理・集大成して成ったものであり、残る『金瓶梅』もまた、書き出しの部分に『水滸伝』の一部を転用するなど、「話本」との深いつながりが認められる。

その後、十八世紀中頃の清代中期、曹雪芹によって著された『紅楼夢』は、まさに中国古典小説の最高峰とみなされる傑作だが、これまた白話で書かれた長篇小説にほかならない。『紅楼夢』はかなりの期間、写本で流通したあと、ようやく刊行されたが、その後、清末に至るまで、これを読まない士大夫知識人はないというほど、流布しつづけた。しかし、こうした現象も小説を正統的詩文より一段劣ったジャンルとみなす、伝統的な文学観をくつがえすには至らなかった。つまるところ、伝統中国では、その文体が文言であれ白話であれ、駄作であれ傑作であれ、総じて小説を「消《シャオ》遣《チェン》（気晴らし）」の具として、蔑視する見方が一般的だったのである。

しかし、十九世紀末、『百年一覚』が翻訳・刊行されると、こうした牢固たる文学観に変化がおこり、小説というジャンルを見直す動きが出始める。たとえば、清末から中華民国初期にかけての大ジャーナリスト梁啓超《りょうけいちょう》（一八七三〜一九二九）は、『百年一覚』の読後感をこう記している。

『百年一覚』もまた小説家が表現したものだが、百年後の世界の状態を推測し、そのなかにはかなり『礼記』「礼運篇」に述べられた「大同」の意味と符合するものがある。これまた「奇文（卓越した文章）」と言うべきであろう。（「西学書を読む法」一八九六年）

『百年一覚』から即座に『礼記』「礼運篇」を想起するあたり、先述の康有為の場合とまったく同様である。この文章を書いた六年後の一九〇二年、梁啓超は『百年一覚』を下敷きとし、自ら『新中国未来記』と題する未来小説を書いた。梁啓超にとっても、『百年一覚』の衝撃がいかにつよかったか、わかろうというものだ。しかし、梁啓超はここからさらに一歩踏み出して、やはり一九〇二年、「小説と政治の関係について」なる文章を著し、そのなかで小説の重要性を大々的に説き、「小説界変革」を提唱するに至る。この文章の冒頭で、梁啓超はこう高らかに宣言する。

一国の国民を変革しようとすれば、まずその国の小説を変革しなければならない。だから道徳を変革しようとすれば、必ず小説を変革しなければならず、宗教を変革しようとすれば、必ず小説を変革しなければならず、政治を変革しようとすれば、必ず小説を変革しなければならず、風俗を変革しようとすれば、必ず小説を変革しなければならず、学芸を変革しようとすれば、必ず小説を変革しなければならない。はたまた人心を変革し、人格を変革しようとする場合も、必ず小説を変革しなければならない。なぜなら、小説には人の生き方を支配する不思議な力があるからである。

梁啓超はここで、才子佳人小説や怪異小説がその大半を占め、単なる「消遣」の具、娯楽の対象にすぎなかった小説のジャンルを変革することこそ、中国の「国民を変革」し、政治・社会・文化を変革するための起動力になると主張する。非常に誇張した表現を用いているものの、この提言は中国文学における伝統的な価値観をくつがえし、小説の地位を飛躍的に高めることになった。もっとも、梁啓超はあくまで政治運動家・社会運動家であり、小説をして民衆を啓蒙・教化するための一つの手段とみなしていることも、見落としてはならない事実ではあるけれども。

ともあれ、未来小説『百年一覚』の翻訳は、以上のように、十九世紀末の中国に想像を絶するほど大きな影響を与えた。むろん、この作品のみが、中国人の時間意識を過去志向から未来志向へと転換させ、小説というジャンルに対する伝統的な見方をくつがえしたとはいえないが、少なくともそうした転換をうながす、重要な呼び水になったことは確かである。

翻訳界の三巨人

実は、『百年一覧』が翻訳・刊行され、大きな反響を呼んだ一八九四年、日清戦争が勃発し、翌九五年には中国（清王朝）の敗北が決定的となった。この後、西洋列強と日本は利権を要求し、ますます露骨に中国大陸に踏み込むようになる。アヘン戦争このかた、西洋列強は日増しに中国に対する圧迫を強めていた。むろんこれに対する危機感もなかったわけではないが、何といっても西洋諸国は遠い国々であり、中国人は「焦眉の急」というほどの切迫感を感じなかったとおぼしい。しかし、それまで問題にもしていなかった隣の小さな島国日本が、いつのまにやら力をつけ、これと戦い敗北したことは、中国の知識人によってまさに寝耳に水、信じられないショックだった。

かくして、日清戦争に敗れた直後から、これではならじと、康有為や梁啓超ら立憲君主制を説く改革派知識人はそれぞれひそかに準備を重ねた末、一八九八年六月、当時の皇帝光緒《こうちょ》帝のもとに結集し、政治・経済・社会機構の抜本的改革を断行しようとはかった。しかし、このいわゆる「戊《ぼ》戌《じゅつ》の変法」運動は、三か月後、保守勢力を率いた実力者の西太后（光緒帝の伯母）がおこしたクーデタによって、あっけなく叩き潰され、康有為や梁啓超は日本に亡命する羽目になった。こうして日本に亡命した梁啓超によって、中国近代翻訳事情は新たな局面を迎えることになる。

日本に亡命した梁啓超はてっとり早く西洋の思想や文学を受容するために、翻訳の近道として、日本語からの重訳を提唱した。横文字はマスターするのに、どんなにがんばっても数年はかかる。しかし、日本語の場合、聡明な者なら十日、飲み込みのわるい者でも二か月あればマスターできると、いうのである。ちなみに、梁啓超には日本語習得にまつわる有名なエピソードがある。日本に亡命する船のなかで、それまでまったく日本語の知識がなかったにもかかわらず、簡単な手ほどきを受けて『佳人之奇遇』（柴四朗著）を読み、たちまち日本語をマスターしたというものである（のちに自ら翻訳。一九〇〇年に刊行された『清議報』に連載）。さらに日本到着後まもなく、矢野龍渓著『経国美談』も読んだとされる（これものちに翻訳）。

こうしてすんなり日本語をマスターした梁啓超は、自らの経験を生かし、中国人が効率よく日本語をマスターするための手引き書まで著した。『和文漢読法』（全四十一節）がこれに当たる。その冒頭第一節には、次のように記されている。

およそ日本の文法を学ぶために、もっともわかりやすく、かつもっとも肝心なことはその文法（語の配置）が中国とは逆だということである。日本語では実字（名詞）が必ず上になり、虚字（名詞以外の品詞）は必ず下に来る。たとえば、中国語の「読書」は日本語では「書ヲ読ム」となり、中国語の「遊日本」は日本語では「日本ニ遊ブ」となる。その他の語法もみなこの類いである。

文法学者が聞いたら目をまわしそうな大胆な説明方法だが、実用的であることはまちがいない。これはほんの一例だが、全四十一節にわたり、懇切丁寧に中国語と対照させながら日本語の特性を解説した、この『和文漢読法』は、日本に留学する中国人の間で便利な実用書として、長らく珍重されたという。

梁啓超は自ら編み出した、このユニークな和文漢読法によって、ジュール・ヴェルヌ著『十五小豪傑（十五少年漂流記）』（森田思軒訳の重訳）をはじめ、かねての念願どおり、何種類もの西洋の小説を日本語から重訳した。

従来の通説では、梁啓超は明治の政治小説である『佳人之奇遇』と『経国美談』を読んで感激し、日本の小説に啓発されて、先述した中国の「小説界変革」を思いたったとされる。むろん、そういうこともなかったとは言い切れない。しかし、それよりも何よりも、当時の中国の知識人の多くがそうであったように、アメリカの未来小説『百年一覚』に衝撃を受けた原体験をもつ梁啓超は、日本に亡命後、日本語を媒介として、欧米の思想や文学を効率よく吸収することを最重点目標とした。だから、梁啓超の究極の目標は日本ではなく、やはり欧米の思想・文学の受容にあったというべきであろう。

さて、梁啓超が戊戌変法運動に失敗し、日本亡命を余儀なくされていた間、中国国内の翻訳事情はどのように展開したか。まず、十九世紀末から二十世紀初頭にかけ、中国翻訳界に、梁啓超と肩を並べる二人の巨人が出現する。厳復《げんぷく》（一八五三〜一九二一）と林紓《りんじょ》（一八五二〜一九二四）である。この二人の翻訳家は、中国近代の翻訳について語られるとき、必ず引き合いに出される人々であり、彼らに関する研究なら枚挙に暇がないほど存在する。したがって、ここではごく簡単にそのポイントを紹介するにとどめたい。

厳復は梁啓超よりちょうど二十歳年上。福州（福建省）の海軍学校を卒業後、一八七七年、数え二十五歳のときに、海軍技術を学ぶためにイギリスに留学した。二年間の留学期間中、専門の海軍技術を習得するかたわら、積極的に西洋の政治制度や思想を学んだ。

厳復の名を不朽にしたのは、なんといっても、ダーウィンの進化論にもとづいて著された、ハクスリーの『進化と倫理（Evolution and Ethics）』の一部を翻訳した、『天演論』である。英語に堪能な厳復は人手を借りず、終始一貫、自力でこれを翻訳した。この厳復訳『天演論』こそ、中国人が自らの手で西洋思想の書物を翻訳した最初の例にほかならない（小説ながら、先にあげた『百年一覚』の中国初訳は一八九一年だが、この訳者はイギリス人宣教師である）。

一八九八年（梁啓超が日本に亡命した年）、「適者生存」「物競天択（競争原理）」を説く『天演論』が刊行されるや、たちまち爆発的な進化論ブームがわきおこった。日清戦争には敗北するわ、戊戌の変法運動は挫折するわで、ますます危機感をつのらせた中国の知識人は争ってこれを読んだのだった。こうしてみると、アメリカのユートピア小説『百年一覚』の描く未来志向と、厳復訳『天演論』の説く進化論が、十九世紀末から二十世紀初頭の中国の知識人をつよく刺激し、彼らを前のめりに西洋的近代の受容へと向かわせたことがわかる。

厳復は大反響を呼んだ『天演論』のほか、アダム・スミスの『原富（国富論）』、J・S・ミルの『群己権界論（自由論）』など、数多くの名著の翻訳にあたった。ただ、厳復はこうして鋭意、西洋思想の紹介に努めながら、彼が翻訳に用いた文体は「古文（古典的文言）」であり、しかも意識的に漢代以前の古文（「四書五経」や諸子に用いられる文体）を模倣した文体を用いた。厳復には、翻訳は「信（正確）」「達（達意）」「雅（優雅）」と三拍子そろったものでなければならないという信念があったのである。なるほど「信」と「達」は翻訳のセオリーにかなっているが、「雅」であるために、古文もどきの文体を駆使するものだから、厳復の翻訳は深遠ではあるが非常に難解であった。これに対して、梁啓超は、

「厳復の」文章ははなはだ深遠ではあるが、力を尽くして先秦の古文を模倣しているために、古書を多読した人でなければ、ちょっとページをめくっただけでは、ほとんど理解しがたい。

（「紹介新書『原富』」）

と批判を加えた。しかし、厳復は頑として態度を変えず、この優雅にして難解な文体に固執した。一方、厳復を批判した梁啓超自身は完全な白話を用いるまでには至らなかったものの、つとめて平明でわかりやすい文言（新民体）を用いて、文章を著すことを旨としたのだった。

さて、翻訳界の三巨人のうち、最後に残る林紓は、いうまでもなく文学とりわけ小説の翻訳で突出した存在である。林紓は厳復とほぼ同世代であり、厳復訳『天演論』が刊行された年の一八九八年、アレクサンドル・デュマ著『椿姫』を翻訳、『巴黎茶花女遺事』なるタイトルを付けて刊行した。中国では「唐代伝奇」以来、文言・白話を問わず、妓女の恋はずっと小説の重要なテーマの一つだった。その西洋版ということで、中国の読者に受け入れられやすかったためもあって、『巴黎茶花女遺事』は発売と同時に大ベストセラーとなり、林紓の文名はいっきょに高まった。

これを皮切りに、以後、林紓は百六十種以上の外国小説（英・仏・米・露など十一か国の小説）を翻訳・刊行した。これらは「林訳小説」と呼ばれ、根強い人気があった。以下、「林訳小説」の代表作をあげる。

斯托《ストー》夫人（米）『黒奴吁天録（アンクル・トムの小屋）』
司可特《スコット》（英）『撒克遜劫后英雄略（アイバンホー）』
笛福《デフォー》（英）『魯濱遜漂流記（ロビンソン・クルーソー）』
哈葛徳《ハガード》（英）『三千年艶屍記（洞窟の女王）』
柯南《コナン》・達利《ドイル》（道尔）（英）『歇洛克奇案（シャーロック・ホームズ）』
斯威夫特《スウィフト》（英）『海外軒渠録（ガリバー旅行記）』
西万提斯《セルバンテス》（スペイン）『魔侠伝（ドンキホーテ）』　など。

これはほんの一例にすぎない。おそらく中国の読者は「林訳小説」によってはじめて、外国小説のおもしろさを知ったのであろう。ただ、翻訳家とは言い条、実は林紓は、英語に堪能だった厳復や日本語を速修した梁啓超と異なり、まったく外国語ができなかった。それでどうして翻訳ができたのか。林紓にはいろいろな外国語のできる大勢のアシスタントが付いており、彼らが原文に口語訳を付けるのを聞きながら、次から次に自分の文章に書き改めていったのである。この作業は恐るべきスピードで進められ、林紓は一時間で千五百字、一日四時間、計六千字の翻訳を毎日こなしたとされる。中国語の六千字は凄い分量である（日本語にすれば三倍以上の量になるだろう）。百六十種以上もの小説を翻訳したのも、むべなるかな、である。

林紓はもともと、優雅で平易、かつ格調の高い文言による表現を重視した。さらに彼は、清代中期以降、文壇の主流を占めた「桐城派《とうじょうは》」に属する文人であり、翻訳のさいに用いた文体もまた「文言」であった。ただ、けっして厳復のように難解ではなく、艶麗でリズミカルな美文調がその身上だった。この魅力的な美文調のゆえに、原著から直接訳したわけではなく、誤訳やはなはだしい意訳もしばしば見られるにもかかわらず、読者の圧倒的人気を得たのである。

「小説」というジャンルに対する見方を変え、日本語を速修して西洋文化を吸収せよと説いた梁啓超。進化論を中国にもたらした厳復。「林訳小説」によって外国小説を大々的に中国に紹介した林紓。この中国近代翻訳界の三巨人は、近代中国に外国文化を導入するための水先案内人として、それぞれ大いなる成果をあげた。しかし、彼らの生の軌跡を最後までたどるとき、そこには劃然とした差異が認められる。

先にも少しくふれたように、できるだけ白話に近い、平明な文体（新民体）を用いることを提唱し、これを自ら実践した梁啓超は、最後まで時代の流れと噛みあう鋭敏な問題意識を失わず、死ぬまで傑出したジャーナリストでありつづけた。

これに対し、優雅にして難解な古文を死守した厳復と、美文調に乗せた古文を華麗に操ることを旨とした林紓は、一九一七年に初めて提唱され、二年後の一九一九年の五・四運動を経て、大規模な展開をみせた文学革命（白話によって小説を書くことなどを主張する文学運動）の高まりのなかで、完全に保守反動化し、時代の動きから取り残された。

厳復と林紓は梁啓超に比べ二十歳も年長であり、激変の時代に対する感受性に落差があったことは否めない事実である。それにしても、意識は文体を決定するというべきか、あるいは文体は意識を決定するというべきか。中国近代翻訳界の三巨人が描いた生の軌跡は、期せずして、意識と文体の深い相関関係をまざまざと映し出している。

以上、『百年一覚』を皮切りに、梁啓超、厳復、林紓と、中国近代翻訳界の大立者の事迹をざっとたどってみた。このほか、やはり十九世紀末から翻訳されはじめ、圧倒的に歓迎された外国小説といえば、まず「偵探小説（探偵小説）」に指を屈するだろう。探偵小説（ミステリ）は西洋においても近代の産物だが、中国ではむろん十九世紀末まで、探偵小説などというジャンルは影も形もなかった。とはいえ、これに類するものは古くからあることはあった。明末の万暦年間（一五七三〜一六二〇）に成立した短篇小説集『龍図《りゅうと》公案（包公案）』を代表とする、裁判官が名裁きを披露する「公案小説」のジャンルがこれに当たる。

それはさておき、裁判官ならぬ探偵が大活躍し、もつれた事件を解決するという趣向の、西洋の探偵小説が、中国で最初に翻訳され、活字になったのは、一八九六年だった。この年、上海で発行されていた新聞『時務報』に、柯南・道尓つまりコナン・ドイルの手になる四篇の短篇小説が、『喝洛克尓唔斯筆記（シャーロック・ホームズ物語）』というタイトルで、連載されたのである。訳者は張坤徳《ちょうこんとく》。日本でホームズ物の翻訳がなされるのは、この三年後だから、いかに中国語訳が早かったか、わかろうというものだ。

これを嚆矢として、以後、ありとあらゆる種類の探偵小説が翻訳されたが、断然トップの座を占めたのは、やはりホームズ物だった。コナン・ドイルがさかんにホームズ物を執筆し、イギリスで人気を博したのは一八九〇年代以降であり、中国ではほぼ同時代的に次から次へとこれらの作品の翻訳・刊行が行われた。この結果、一九一六年に上海中華書局から刊行された『福尓摩斯偵探全集（ホームズ探偵全集）』において、ほぼすべてのホームズ物を翻訳・収録する快挙を成し遂げたのだった。

同時代の日本では、これほどホームズ物がもてはやされた形跡はない。おそらく名裁判官の活躍を描く公案小説を読み慣れた中国の読者にとって、名探偵シャーロック・ホームズの活躍するコナン・ドイルの探偵小説は、別してとっつきやすかったのであろう。

中国語に訳された探偵小説、とりわけホームズ物の読者は、楽しく読書に耽りながら、西洋の風俗や制度を臨場感を以て受けとめ、知らず知らずのうちに異文化体験を深めていった。しかもホームズ物はほぼ同時代的に翻訳されたのだから、それこそホットな情報も満載されており、中国人読者はまさしく居ながらにして、現在形の西洋社会を目の当たりにすることができた。こうしてみると、探偵小説の翻訳が中国の近代に与えた影響にも、けっして軽視できないものがあるといえよう。

おわりに

以上、ざっと概観してきたように、十九世紀末、ことに一八九五年、日清戦争に敗北してからというもの、中国は外国の文学や思想の翻訳を通じて、外国文化を受容し、近代に移行する手がかりをつかもうと、前のめりの全力疾走をつづけて来た。しかし、外なる文化を取り入れることに夢中になるあまり、自らの内なる文化を十把ひとからげに古い遅れたものと見なし、無視する傾向がしだいに強まったことは、いかにも残念なことであった。

たとえば、小説のジャンル一つとってみても、先にも述べたように、中国には『紅楼夢』を筆頭とする、外国の小説に比べて、内容・形式ともにまったく遜色のない、非常にすぐれた小説の伝統があるにもかかわらず、当時の中国の知識人の大多数は、これにまったく目をくれようともしなかった。一九一七年から始まった文学革命において、事あたらしく白話で小説を書くことが声高らかに提唱されたが、その実、中国には、これより百五十年余り前に、すでに『紅楼夢』という、非常に整った見事な白話（古白話《グーバイホワ》）で書かれた小説が存在するのである。にもかかわらず、これについては一顧だにしようとしない。

こうしたなかで、王国維《おうこくい》（一八七七〜一九二七）と魯迅《ろじん》（一八八一〜一九三六）は、やはり飛び抜けた存在であったといえよう。すなわち、王国維はショーペンハウエルを援用しつつ、『紅楼夢』の物語構造を分析した「紅楼夢評論」（一九〇四）を著し、さらにまた中国における戯曲の歴史をたどった『宋元戯曲史』（一九一二）を著した。これらの著作は、小説や戯曲を俗文学と軽視しつづけてきた中国文学の伝統的価値観を見直し、まさに内側からそうした価値観を逆転させんとした試みにほかならなかった。

これにやや遅れて、魯迅もまた、ジュール・ヴェルヌの小説『月世界旅行』『地底旅行』の翻訳（一九〇三〜〇四）や、東欧の小説の翻訳（『域外小説集』。一九〇九）を行ったあと、『中国小説史略』（一九二三〜二四）を著し、中国小説史をたどり直したのだった。

王国維と魯迅は西洋の思想や文学にどっぷり骨の髄まで浸る経験を通過したのち、ひるがえって、まさに中国の内なる伝統のなかから、近代につながる鉱脈を掘り起こそうとした。伝統のなかに近代を探ろうとする、彼らの試みは、西洋の思想を理解するために儒教の古典を引き合いに出したり、西洋の書物を、荘重・優雅な中国古文のスタイルで翻訳するといった折衷的な方法とは、根底的に異質なものであった。

ありとあらゆる異文化が洪水のように押し寄せ、さまざまな思潮が入り乱れ、凄まじい量の外国書が引きもきらず翻訳された、十九世紀末から二十世紀初めの中国。中国近代の錯綜した翻訳状況は、百年後の現在の中国の状況と、どこか深く通底するものがある。まさにこの道はいつか来た道。中国は今一度、伝統の中に近代をとらえ返そうとした、王国維や魯迅の試みの意味を、考えてみる時期に来ているのではなかろうか。

（日文研叢書22『文学における近代——転換期の諸相』二〇〇一年三月）

別章　幸田露伴と中国文学

幸田露伴と中国文学

幸田露伴（一八六七～一九四七）は八十一年の生涯にわたり、文学・思想・哲学等々、自在にジャンルを横断し、膨大な中国書を読みぬいた。こうして積み重ねた読書体験は、陰に陽に露伴の作品世界に深い影響を与えた。

慶応三年（一八六七）生まれの露伴は、当時の習慣どおり、七歳ごろから漢文の素読を習いはじめた。もっとも、露伴の孫娘、青木玉著『小石川の家』によれば、あるとき露伴は女子大に通う彼女に、学校で何を習っているのかとたずねた。『十八史略』だと答えたところ、露伴は目をむき、「お前、十八史略なんざ、俺は五つくらいの時焼き薯を食べながら草双紙やなんかといっしょに読んだが、お前の大学はそんなものを教えるのか」と呆れ返ったという。だとすれば、露伴と漢文の出会いは、もっと早かったのかもしれない。

露伴が素読で習ったのは、「四書五経」や『十八史略』など、いわゆる文言のものばかりだった。こうして培われた露伴の漢文読解力を、飛躍的にレベルアップさせる契機になったのは、明治十四年（一八八一）、東京英学校に通うかたわら、菊地松軒の主宰する漢学塾に入ったことである。この塾で、露伴は『朱子語類』を学び、白話を読むコツをマスターした。これにより、露伴の読書の範囲はおおいに広がり、『水滸伝』や元曲など白話で書かれた小説や戯曲を、難なく読みこなせるようになる。

そもそも露伴は学校教育とは縁のうすい人だった。明治十二年（一八七九）、十三歳で東京府第一中学に進学したけれども、経済上の理由により一年余りで退学、東京英学校に入り直したものの、ここも一年ほどで退学した。この後、明治十六年（一八八三）から十七年（一八八四）にかけて、電信修技学校で実務訓練を受ける間に、漢学塾通いもやめざるをえなくなってしまう。ただ、英学校をやめたころから、習慣になった図書館通いのほうは、電信修技学校卒業後、明治十八年（一八八五）、北海道の余市に電信技手として赴任するまでつづいた。この図書館通いの期間に、淡島寒月と知り合い、西鶴の作品を教えられたりもした。

漢学塾で受けた二年余りのトレーニングと図書館通い。この十代の読書体験をベースに、露伴は以後、和書・漢籍を問わず、量質ともに他を圧倒する自前の読書を続行した。露伴はまさしく語の真の意味における独学の人であり、自立した天才であった。

明治二十年（一八八七）、露伴は、「よし突貫して此逆境を出でむ」と心をきめて職を捨て、余市から東京にもどった。翌々年、「露団々《つゆだんだん》」で文壇にデビュー、小説家としてのスタートを切った。時に露伴二十二歳。こうして創作と平行し、興のおもむくまま読書・研究にふける生活が始まる。

露伴は、専門分野に固執するいわゆる学者ではない。彼は、「人生の事と云ふものは、座敷で道中双六をして花の都に到達する如きものではない」(「努力論」)とし、「努力より他に吾人の未来を善くするものはなく、努力より他に吾人の過去を美しくしたものはない」(同前)と述べ、「努力」の必要性を認めるにやぶさかではなかった。しかしまた、「芸術の士よ、勉強する勿れ、勉強は不必要なり。たゞ芸術上の怡悦の裏《うち》より知らず識らず其の製作を成し出し来るべし」(「潮待ち草」四十三)というふうに、およそ強制的な「勉強(勉め強いる)」を嫌いぬいた。積極的な気持の乗りを前提とする「努力」は望むところだが、無理強いの「勉強」は願い下げにしたい、というのだ。その意味で、おびただしい数にのぼる露伴の中国文学・思想に関する論文やエッセイも、堅苦しい専門的研究からではなく、文字どおり「読書の快楽」のなかから、生まれたものであることを、最小限、確認しておく必要があるだろう。

中国文学についてみた場合、露伴があくまで「興のおもむくまま」、膨大な関連書を読破し、ことに好んで論じた対象は、戯曲(元曲や明清の伝奇)および小説であった。明治二十八年(一八九五)、露伴は雑誌『太陽』に、「元時代の雑劇」を発表した。これは、まとまった形で元曲をとりあげ論じた、日本最初の文章にほかならない。ここで露伴は、元曲を次のように位置づけている。

然るに不思議にも自述詩の旺盛を極めたる唐宋の後に於て、忽然として詩星は異方面に微光を洩らし、漸く煌曜の威を揚げて、遂に明清幾多の才子をして其風流韵雅の使命を凡界に伝へしむるに至り、支那詩を嗜好する人をして殆ど一毫の憾無く、有り有り我に富贍藻麗雄大高妙の叙事詩ありと絶叫せしむるに及べり。而して此詩星の光りを頭上に戴きて初めて支那文学の一分野に現はれたるものは元人なりしなり。蓋し詩の盛なりしは詞の起る所以を致し、詞の唐に茁芽し宋に蓊茂せるは、元の雑劇の勃興を致せる所以なること固《もと》より論無し。故に言《ことば》を換へて之を云へば、周より元に至るまでの長時間の詩の発達並びに唐より元に至るの間の詞の発達は、元の雑劇に対して非常に有力なる後援をなせるものにして、此の大勢力ある後援を有せる元の雑劇が前人未到の地に一旗幟を立てゝ忽ち広大なる領土を開拓せるもの、一見甚だ奇なるが如しといへども、又敢て怪《あやし》むに足らずといふべし。

元曲は、古代以来の詩および唐宋以来の詞の発達をうけ、中国文学史上、未成熟であった叙事詩が劇というスタイルをとって、忽然と開花したものだというのである。こうして元曲というジャンルを、文学史の流れのなかに位置づけたあと、露伴は、「彼の如く盛なりし元の劇が此の如く吾が邦人に冷看せられて、絶えて人の元劇のために一言を発するをも聞かざるを憾みとして、聊か元劇を世人に紹介するあらんとす」と述べ、具体的な元曲の作品紹介へと移る。

ここで露伴がとりあげているのは、喬孟符《きょうもうふ》の「揚州夢《ようしゅうむ》」「金銭記《きんせんき》」「両世姻縁《りょうせいいんえん》」、楊顕之《ようけんし》の「瀟《しょう》湘夜雨《しょうやう》」「酷寒亭《こっかんてい》」、関漢卿《かんかんけい》の「望江亭《ぼうこうてい》」「竇娥冤《とうがえん》」「救風塵《きゅうふうじん》」、馬致遠《ばちえん》の「漢宮秋《かんきゅうしゅう》」など、元曲屈指の名作ばかりだ。選択眼のよさもさることながら、その勘所をおさえた紹介ぶりは、まことに見事の一語に尽きる。梗概を綴りながら、露伴の迫力こもる筆力は、個々の作品世界の様相を、まさしく臨場感をもってまざまざと現前させるのである。

青木正兒《まさる》は終生、露伴を敬慕してやまない人だった。その青木正兒にして、露伴の「元時代の雑劇」に対する評価はきわめて低く、「露伴先生の素人芸」にすぎず、「露伴先生が「元曲選」紹介の皮切りと云ふわけだが、先生の専門的教養から見て、其の読曲法は余り高くは評価出来かねるものであつたであらう」(「狩野君山先生と元曲と私」)と、言いきっている。しかし、露伴が、従来、等閑視されてきた元曲のジャンルに注目し、その魅力あふれる作品世界に人々を誘う水先案内人の役割を担ったことは、まぎれもない事実である。ちなみに狩野直喜《かのなおき》が研究対象として元曲をとりあげたのは、露伴が「元時代の雑劇」を発表してから十五年後のことであり、王国維《おうこくい》が元曲研究の不倒の金字塔ともいうべき『宋元戯曲史』を著したのは、それからさらに二年後の一九一二年のことだった。

このように格段に早い時期に、露伴が元曲のジャンルに目を向けたのは、いうまでもなく「読書の快楽」を求め、次から次へと漢籍に読みふけるうち、おもしろいもの、めずらしいものに対する嗅覚が、ずばぬけて鋭敏になっていたことが、第一の理由としてあげられよう。だが、さらに重要なのは、露伴には、露伴自身の言葉(「粲花主人《さんかしゅじん》の画中人《がちゅうじん》」にみえる言葉)によれば、「士君子」の正統的な文学たる「表面文学」の裏側で、脈々と生きつづけてきた「裏面文学」に対する深い共感があったことである。中国文学史上、第一文学（表面文学）と目されるのはいうまでもなく詩文であり、裏面文学の戯曲や小説は「俗文学」として蔑視されてきた。露伴自身、こうした伝統的価値観は百も承知であり、「支那に於ては小説は文学上最下級のものである、最劣等のものであるとして取扱はねばならぬのである。戯曲は小説ほど卑視されぬのであるが、支那に於ては文学として第一に取扱ふべきものは無論正格の詩と文章とである」（「芸術的文献に現はれたる日支両国の国民性」）といったことを、繰り返し述べている。

露伴はなんといっても明治日本の小説家である。こうした中国文学の伝統的価値観に反撥を感じなかったはずはない。だが、露伴はストレートにこうした伝統的価値観を否認はしない。露伴がとった戦略はこうだ。つまり「最下級」のものとして「卑視」されてきた小説や戯曲を、正面きって取りあげ、「文学作品」として分析し論じること。こうして俗文学にウェイトをかけることによって、詩文中心の旧文学観を脱構築してしまおうとするのである。露伴の中国文学に関する論文やエッセイをながめわたすとき、圧倒的に戯曲・小説をテーマとしたものが多いのは、こうした露伴の戦略を裏書するものといえよう。

露伴は人も知る『水滸伝』フリークであり、大正十二年（一九二三）には、『訳注水滸伝』と題した全訳本を刊行している。この翻訳は原文を一字一句の省略もなく、完璧に読み下したものである。『水滸伝』世界を原像にあたうるかぎり接近したかたちで紹介しようとする、気迫のこもった壮挙というほかない。

また、明治四十年（一九〇七）に発表された、露伴の主要論文ともいうべき「遊仙窟《ゆうせんくつ》」は、いまでいう比較文学のはしりともいうべき作品である。ここで露伴は、「遊仙窟」を「我が邦に入りし最初の外国小説」と規定し、この唐代伝奇小説が、いかに広く深く日本古典文学に影響を与えたかを、精緻に論じ尽くしている。「遊仙窟」を「漢文学」ではなく、明快に「外国小説」ととらえたところに、すでに画期的な新しさのあるこの論文を、青木正児は、「此の篇の如きは学和漢を兼ぬること先生の如き者でなければ企及すべからざるところであり、誠に其の独擅場である」（「蝸牛庵夜譚と蝸牛庵聯話と」）と絶賛した。そのとおり、瞠目すべき完成度の高さをもつこの論文にも、旧来の中国文学観を打破しようとする露伴の姿勢が、はっきりと打ちだされている。

たとえば露伴は、「我が邦の文学史上に於て其の選輯の時の最も古くして其の包含の量の甚だ富めるの故を以て尊重せらるゝ歌書」である『万葉集』にも、「遊仙窟」の影響の痕跡が見られると指摘し、その具体例として、山上憶良や大伴家持の歌や文章を畳み掛けて列挙する。こうして『万葉集』の歌人と「遊仙窟」の明白な関連性を、あざやかな手際で立証しながら、露伴は次のように記すのである。

而して其の遊仙窟を引用せるを見るに（話題にしているのは、『万葉集』巻五に収められた山上憶良の「沈痾自哀文」。筆者注）、任徴君の語、孔子の語、抱朴子、帛公略説等を援引列挙せるが間に遊仙窟を錯へ存して忌まず、殆ど其の小説猥瑣の書たるを忘れて経子と同視するが如し。

憶良の遊仙窟を藐視せざりしのみならず、之を愛賞し珍重せしも窺ひ知る可し。

なんと『万葉集』の大歌人山上憶良は、小説「遊仙窟」を経書や子書と同列に扱っているではないかと、この発見に快哉を叫ぶ露伴の弾んだ声が聞こえるような記述である。

以上のように、元曲紹介、『水滸伝』の翻訳、「遊仙窟」の比較研究を筆頭とする、露伴の中国文学関連の仕事は、おおむね俗文学を積極的にとりあげ、暗黙のうちにそのレベルアップを図ろうとするコンセプトのもとで、展開された。こうした露伴の中国文学観は、『水滸伝』と『西廂記』を「天下の至文」と高く評価し、反対に、万古不易の聖典とされる六経や『論語』『孟子』を手厳しく批判した、明末の異端の思想家李卓吾《りたくご》の文学観と、明らかに共通するところがある。ただ、露伴はあくまでシャイな人であり、李卓吾ほどの露骨な戦闘性の持ち合わせはなかった。露伴は俗文学のレベルアップを図りはしたものの、その一方で、『論語』の注釈を書いたり、『春秋左氏伝』や『孝経』についてちょっとした考証を試みたりするなど、経書に対しても敬意をはらう余裕を保ちつづけたのだった。先述したとおり、俗文学も経書も同じ地平で論じてしまおうとするのが、露伴の基本戦略であり、俗文学を称揚せんとして、経書を聖域から引きずりおろした李卓吾のラディカリズムとは、距離があったというべきだろう。

そもそも露伴は李卓吾のエキセントリックな思想や生き方には、かなり抵抗があったらしく、「一体、卓吾といふ男の料簡方はどんなものかと云ふと、水滸伝の評は別として、「蔵書」といふものがある。これなぞが即ち焚かれたものの一つだが、それはどうだと云ふと、支那人の著述としては随分乱暴なものである」（「水滸伝の批評家」）という調子で、違和感を表明している。ちなみに、露伴は李卓吾の『水滸伝』批評については、一定の評価を下しているけれども、李卓吾の後継者ともいうべき金聖嘆《きんせいたん》に対しては、あらわな嫌悪を示し、「小児事を解する風をする奴」だとか、「卓吾の評を読み味つて見れば、聖嘆の評のもとづくところは十中七八、彼に依傍したものだといふことが明らかである」（同前）などと、さんざんに酷評している。もともと露伴は、金聖嘆が『水滸伝』を七十回でぶっちぎってしまったことを、許しがたい暴挙だと心底憤慨しており、これが金聖嘆に対する根強い反撥の根拠になっているのである。

露伴が好んで研究対象とした元曲や「遊仙窟」のような小説は、その実、露伴自身の創作には直接、さしたる影響を与えた気配はない。しかしながら、ここに露伴自身の志向と不思議な一致を示し、その創作とも密接な関係をもつ、一つの戯曲がある。それは、元曲ならぬ清代伝奇の「画中人」だ。明治三十二年（一八九九）、露伴は「粲花主人の画中人」なる文章を著し、全体で三十四齣に及ぶ、粲花主人こと呉石渠《ごせききょ》の作った長篇戯曲「画中人」の梗概を克明に紹介した。

この戯曲の主人公である庾啓《ゆけい》なる才子は、「美人の極の美人」を描き出そうと筆をとった。一念が通じて、やがて理想の美女を描くことに成功した庾啓は、画中の美女を「瓊枝《けいし》」と名付け、なんとか画中から彼女を呼びだすべく、おりにつけては「瓊枝、瓊枝」と呼びたてた。かたや、鄭志玄《ていしげん》なる高級官僚に、じっさいに瓊枝という名の娘がいた。蒲柳の質の彼女は病床に伏しがちだったが、夢かうつつか、「瓊枝、瓊枝」と呼ぶ声に誘われ、とうとう魂が肉体から抜け出て、庾啓の描いた画中の美女に乗り移ってしまう。この魂が抜け出るあたりの展開は、露伴も指摘しているように、古くは唐代伝奇小説の「離魂記」や元曲の「倩女離魂《せんじょりこん》」をはじめ、戯曲や小説の世界で馴染みの深いものである。

「画中人」がユニークなのは、瓊枝の魂が画中の美女に乗り移った瞬間、彼女が動きはじめ、庾啓の呼ぶ声に応じて、画の中から忽然と抜け出してくるところにある。露伴はこの画中から抜け出す美女というイメージに、いたく感動し、「画の美人の眼が動く眉が動き出す、夢では無いかと庾生の擦り寄るなどといふ段取りは、流石に一綫の理を理外に具して居ておもしろいと云はざるを得ないではないか」と述べている。「画中人」はドラマティックな紆余曲折のはてに、ふたたび魂が肉体にもどり仮死状態を脱した瓊枝と、みごと科挙に合格した庾生が華燭の典をあげたところで、めでたくハッピーエンドとなる。

露伴がこの清代伝奇「画中人」に異様なまでにこだわり、懇切丁寧にコメントを付しつつ、三十四齣の長丁場を克明に追跡しているのは、いうまでもなく「画の中から抜け出す美女」のイメージに触発されたためにほかならない。露伴は、この「画中人」の解説文のなかで、「第九齣は画からいよ〳〵美人のぬけ出すところだ。むかし此場合にやゝ消た光景を自分が作した事があったが、其当時此の画中人を読んで居つたなら今少し書き方をふんごんで書いたかも知れぬ」と述懐している。

労作『幸田露伴』の著者塩谷賛《しおたにさん》は、この「光景」を、明治二十二年（一八八九）に書かれた名作「風流仏」のシーンだと断定する。すなわち「風流仏」の主人公の仏師珠運は、実父の子爵に引き取られ雲の上の人となった恋人お辰の面影を、一心不乱に刻みこみ、みごとな彫像を作り上げた。すると、夢かうつつか、その彫像にお辰の魂が乗り移り、「玉の腕《かひな》は温《あたゝか》く我《わが》頸筋にからまりて、雲の鬢《びん》の毛匂《にほ》やかに頬を摩《なで》るを、ハット驚き急《せは》しく見れば、有《あり》し昔に其儘の。お辰かと珠運も抱《だき》しめて額《ひたひ》に唇。彫像が動いたのやら、女が来たのやら、問《とは》ば拙《つたな》く語らば遅し」と、ゾッとするほど、妖しい美しさにあふれたラストシーンが繰り広げられるに至る。彫像からお辰が抜け出してくるこのシーンには、確かに「画中人」と極めて類似したものが認められる。これを書いた時点で、露伴はまだ粲花主人作「画中人」を、読んでいなかったのだから、文字通り、偶然の一致というべきであろう。

「風流仏」のみならず、露伴にはこのほかにも、まさしく画の中から女が抜け出る光景を描いた作品がある。明治二十八年（一八九五）に書かれた「川舟」である。真面目な青年里見雪雄が悪友に無理強いされ、遊郭に連れ込まれたところ、家が没落したため苦界に身を沈め花魁となったお文と出会う。二人はそのまま何事もなく別れたけれども、雪雄に魅かれたお文はその後しばしば手紙をよこすようになる。やはりお文に魅かれながらも、雪雄のほうは堅く自制して、お文に近づこうとしない。そんなおり、雪雄の父がたまたま購入した古画に、なんとお文とうり二つの美女が描かれていた。この画中の美女が、これまた夢かうつつか、画中から抜け出して思い惑う雪雄の前に出現するが、やがて「背後《うしろ》を顧みて雪雄を涙の眼にじつと無限の情《こゝろ》を含めて見しが、其儘するりと床の間に上ると見えし間も無く、床に懸けたる幅の中《うち》に身を躍らせて入りし如く、ありし姿は雲と消え烟と失《う》せて影も無く」というふうに、ふたたび画の中へと帰っていく。

画中の美女が出没するさまを夢幻劇のように描く、この「川舟」のほうは、露伴が伝奇「画中人」を知ってから書いたものであるかどうか、わからない。いずれにせよ、露伴は描かれたものが画中から抜け出るという発想に、強く引き付けられる性向をもっていたことは、確かである。

その点からいえば、これは画ではないけれども、明治三十八年（一九〇五）に書かれた「土偶木偶」は、たまたま女の筆跡で怨みを綴った、古い手紙を手に入れた主人公が、その手紙から抜け出した女と、夢幻的な出会いをするという筋立てになっている。これまた「画中人」的発想につながる作品といえよう。

以上の作品は、いずれも画（もしくは手紙）の中から、描かれた対象が抜け出してくるというモチーフによるものだが、これとは逆に、画を見ている人物が画中の世界に入り込むという発想の作品もまた、露伴にはある。大正十四年（一九二五）に書かれた「観画談」がそうだ。ある山寺に宿を借りた旅行者が、大雨の降る夜、壁にかけられた画軸をながめているうち、画のなかの世界に引き込まれそうになるという話である。明の画家仇英《きゅうえい》の作風に似たその画には、大江にのぞんだ繁華な都の状景が細やかなタッチで描かれている。町の中心から郊外に行くにつれ、しだいにひなびた景色となり、渡し舟の船頭が人々に早く乗れと呼びかけている姿が現れる。その姿に見入っていると、船頭が大きな口をあけて「オーイッ」と呼びかけ、思わず「今行くよーっ」と返事しそうになる。その刹那、さっと冷たい風が吹き込み、旅行者はハッと我にかえったのだった。ここでは画中の世界に入り込もうとした瞬間、辛うじて踏み止まるという結末になっているものの、やはり現実と画の中に広がる異界の境界線が、無化される寸前まで来ていることが、見てとれる。

　抜け出るにせよ入り込むにせよ、なぜ露伴は、これほどまでに画中に広がる異界に、魅きつけられたのであろうか。露伴が一種、幻視者的な特異感覚の持ち主であったことは、確かである。しかし、それだけではなく、「江戸の遺民」の心意気を保ちながら、明治・大正・昭和と、転変の時代を生きた露伴にとって、するりと境界をくぐりぬけた向こう側の世界、現にあらざる世界としての異界は、その遁走の夢の受け皿のようなものだったのかも知れない。その意味で、清代伝奇「画中人」をはじめ、シュールな異界幻想にみちた中国の「裏面文学」は、露伴の心をもっとも慰藉するものだったのであろう。

　むろん露伴は「裏面文学」のみならず、「表面文学」についても、すぐれた文章を数多く著した。なかでも、大正十五年（一九二六）に書かれた「蘇子瞻米元章《そしせんべいげんしょう》」は極め付きの傑作である。もともと露伴は蘇子瞻すなわち蘇東坡を非常に好み、「蘇東坡と海南島」（昭和十四年）というエッセイも書いている。

　「蘇子瞻米元章」において、露伴は洒脱な語り口で、北宋の二人のエピキュリアン蘇東坡と米芾《べいふつ》の像を、鮮やかに描いている。とりわけ、「今はたゞ其大を舎《す》て其小を談《かた》り、公の燕居閒坐の時のおもかげを写す」という視点からとらえられた蘇東坡の部分は、秀逸そのものだ。ここで露伴は楽しげに、蘇東坡の家庭生活や料理・酒・お茶・書画骨董・文房四宝などの趣味生活をたどる。こうして蘇東坡を称揚しつつ、彼に向けられた批判を粉砕すべく、随所に付されたコメントには、露伴自身の考え方を如実に示すものが多く、興趣尽きない。

たとえば、蘇東坡は雑学ばかりで仏教に傾斜し、晩年に至るほど殺生を嫌うなど、「理の達せぬ」ふるまいが増えたと、批判する向きに対して、露伴は憤然としてこう反論する。「[東坡は]超脱的のことは好きであり英雄的のことも好きであるが、ヘチ理屈やクソ礼式で人情に遠いことは嫌ひ、優美で無い感情を無忌憚に露《あら》はしたり抱持することは嫌ひな人である。蓋し然様《さう》いふ人が老いて自然の勢《いきほひ》で生物に対して慈愍《じみん》の情が深くなるのに何の怪《あやし》むべきことがあらう」。また、こうも述べている。「老いて慈悲心の充実広大するのが雑学無信拠の為ならば、雑学で信拠無い方が化石的哲学者などよりも何程有趣有意義だか分からない」。露伴自身も好奇心の旺盛な人で、将棋・釣り・料理等々、いたって多趣味の雑学派だったから、志向を同じくする蘇東坡に対する共感の深さが、こうした発言になって現れたのであろう。それにしても、「化石的哲学者」たらんよりは、「雑学無信拠」の方がましだというあたりは、辛辣そのものだ。

辛辣といえば、蘇東坡がお茶の趣味から「水」に関心が深いことにも、共感するところ大であった露伴は、これにことよせ、「人に最も適切なものは水と空気とである。それを後廻しにして生活を論じたり趣味を談じたりする文明は豚の文明である」とまで言いきっているのは、その最たるものといえよう。
「表面文学」の背後で息づく、戯曲や小説などの「裏面文学」に充満する自由自在、無手勝流のエトスを愛した露伴は、「表面文学」についても、自由闊達な蘇東坡の人となりと作品を好んだ。その志向は、もののみごとに一貫しているというべきであろう。

露伴は中国の文学のみならず、思想・哲学についても深い学識があり、このジャンルに関する論文やエッセイにも優れたものが多い。露伴は好みのはっきりした人だから、中国思想・哲学のジャンルでとりあげた対象にも、自ずとほぼ一定の方向性が認められる。この分野で、露伴が好んで論じたのは道教および神仙思想である。とりわけ神仙思想に対する関心は、晩年になるほど深まってゆく。

大正十一年（一九二二）から十五年（一九二六）にかけて発表された「論仙」三部作、ずっと時代が下り昭和十六年（一九四一）に発表された「仙書参同契《せんしょさんどうけい》」は、そうした神仙思想に関わる著述の白眉といえよう。

「論仙」は、唐代伝奇小説「枕中記《ちんちゅうき》」を嚆矢とする呂洞賓《りょどうひん》伝説の由来と広がりを探究した「仙人呂洞賓」、いわゆるお筆先にあたる扶鸞《ふらん》の術について、その語義および伝承のありかたを追跡した「扶鸞之術」、全真教の教祖王嚞《おうてつ》あざな重陽《ちょうよう》の生涯を活写した「活死人王害風」の三部構成をとる。このうち、論文のごとく小説のごとく、はたまた随筆のごとく、考証と描写が渾然と一体化した、「活死人王害風」が抜群におもしろい。

王重陽は「修真」の一念たかまり、家を捨て故郷を捨て、終南山の麓のとある村に到って土窟を掘り、自ら「活ける死人」と号して三年間穴ごもりした。このときの重陽の心の状態を、露伴はこう類推している。「蓋し古より道を体し真を証せんとする者、大抵皆独自一個の心、独自一個の身、独自一個の性命、独自一個の精霊を以て、直ちに宇宙に当り、緊《きび》しく古今に対せんと欲す。故に或は土穴に潜み、或は石窟に坐し、或は曠野荊棘、人の終《つい》に到る無き処に飄浪し、或は深山峭崒、鬼も亦居らざるの地に玄黙す」。王重陽は、ただ自らの裸形の存在そのものを以て、大いなる宇宙空間、太古から現在さらには未来へとつながる無限の時間と向き合いつづけたのだと、露伴はいうのだ。

このように王重陽に顕著にみえる無限の宇宙、無限の時間と、おのが全存在を賭けて静かに対峙するという姿勢に、露伴はつよく魅かれた。後漢の魏伯陽《ぎはくよう》の撰と伝えられる『周易参同契《しゅうえきさんどうけい》』をテーマとした「仙書参同契」においても、こうした露伴の志向はかなり鮮明にあらわれている。『参同契』の説くところは「気を聚め神を凝らすこと」を主としており、薬草や金丹の外用によって不老長生を得んとする神仙術とは、明確に一線を画しているとしたうえで、露伴は次のように、この不思議な魅力にあふれた論考を結ぶ。「テオソヒイは今日未だ完成した学問となつてはゐないが、宗教若くは宗教類型のものの成立の秘奥微密のところを探れば、其様相の差異はあるが、いづれも有限の人間の生命の中に於て無限の自然の生命を体得した大賛歌が其根基となり源泉となつてゐることを見出すことを語るであらう」。この結論が先にあげた「活死人王害風」の土窟体験の解説と、その方向性において一致することは、いうまでもない。

露伴が好んで神仙思想をとりあげたのは、けっして怪しげな神秘主義にかぶれたからではない。無限の自然や宇宙と向き合いつづけた「独自一個」の人間存在が、やがて自らの有限性を超越し、「無限の自然の生命」を体得するに至るという意味での「仙人修行」のプロセスに、露伴は感動したのである。

ちなみに、茫々と広がる海原に釣舟を漕ぎだし、釣糸をたれたときに、図らずも遭遇した夢幻的な経験を淡々と綴った、露伴晩年の名作「幻談」（昭和十三年）は、露伴自身が体得した無限感覚を描いたものといえよう。「幻談」が書かれたのは、「仙書参同契」に先立つこと三年、一見、かけ離れて見えるこの二篇には、明らかに通底するものがある。

伝統中国において、正統的な「表面思想」と目されるのは、いうまでもなく儒家思想ひいては儒教である。その意味で、露伴が深い関心をもった道教や神仙思想は、あくまで儒教の裏側に存在する「裏面思想」だった。「裏面文学」から「裏面思想」まで、露伴の裏面志向の徹底ぶりが知れようというものである。


露伴と中国文学・思想の切っても切れない関わりは、さまざまな局面において、露伴の文学的生涯に作用した。大正八年（一九一九）、露伴は「幽情記」を著し、しばし中断していた創作を再開、ふたたび文壇へ登場した。「幽情記」は、『水滸伝』に登場する妓女李師師《りしし》、明末の大学者銭謙益《せんけんえき》の夫人柳如是《りゅうにょぜ》など、虚構・実在をとわず、ひときわ優美ですぐれた女たちの生の軌跡を、透明感のあるタッチで寸描した連作短篇である。この作品は当時も今も、これについで書かれた「運命」の評判の陰にかくれ、あまり評価されないけれども、文豪露伴の再起を記念するにふさわしい傑作だと思われる。「風流微塵蔵」（明治二十八年）「天《そら》うつ浪《なみ》」（明治三十六年〜三十八年）と世話物的な長篇小説を創作する途中で、いずれの場合も「興尽きて」中断、けっきょく未完のまま終わらせてしまった露伴は、しだいに小説を書くことじたいに、興味を持てなくなった。そんな露伴をふたたび創作に向かわせたのが、「幽情記」や「運命」に描かれたような、中国の小説や歴史に登場する人物のイメージだったとすれば、露伴と中国の因縁には、まことに浅からぬものがあった。

先にも縷々述べたように、露伴は中国の文学・思想のいずれにおいても、裏面性をもつものを酷愛した。ひるがえってみれば、露伴が文学者として出発した明治は、新来の西洋文化が「表面文化」として、時代の前面を覆い、旧来の中国文化は時流に合わないものとして、それじたい「裏面文化」の地位へと追いやられていく時代であった。そんな時代の潮流に逆らい、悠然と中国文学や思想に新たな角度（裏面）からアプローチし、さらなる生命を蘇らせようとした露伴には、まぎれもなく「江戸の遺民」の並々ならぬ反骨精神があったというべきであろう。

（『東方学会創立五十周年記念　東方学論集』一九九七年五月）

露伴初期

（一）

幸田露伴は一八六七年（慶応三年）に生まれた。翌年から明治が始まるこの年には、尾崎紅葉、斎藤緑雨、正岡子規、夏目漱石も生まれている。さまざまな形で明治の文学を担った人々の多くが、この体制の変わり目の時期に生まれ合わせたことになる。

幸田露伴、本名幸田成行《しげゆき》の家は代々、徳川幕府のお坊主衆（表坊主）を勤めていた。お坊主衆の主たる職務は、江戸城に登城する大名たちの世話をすることにある。露伴が、こうして明治維新によって崩壊した徳川幕府と深くつながる家の出身だったことは、その生き方や文学に陰に陽に大きな影響を与えた。

露伴が生まれてまもなく、幸田家はよって立つ基盤を失ってしまった。しかし、まだ家作や地所が残されており、急に明日の生活に困ることこそなかったが、なにぶん大家族であり、日々ジリ貧の状態であった。そんな状況のなかで、露伴は一八七二年（明治五年）、六歳（数え年）のころから、書家にして文人の関雪江の姉、関千代について、読み書きを習い、これと並行して、一八七三年（明治六年）、七歳のころから、会田某について、『孝経』を手初めに「四書五経」の素読を学んだ。まさしく旧時代さながらの伝統的スタイルによって、露伴の基礎教養は培われたのだった。ちなみに、このころ露伴は初恋も経験している。相手は、関千代の代理で、子供に読み書きを教えていたお蝶さんという、当時十七、八の少女である。のちにこのときのことをふりかえり、

> こうと、六歳《むつつ》か七歳《なゝつ》かな、兄に引かれたり婢《をんな》に負はれたりしていろはを習ひ出したのが抑ゝの大失敗《おほしくじり》の発端《はじまり》、此の御庇蔭《おかげ》で大分碌でも無い事を覚え、八歳《やつつ》で奇麗な姉さんだと思つた女に可愛がられて、其御庇蔭《おかげ》で僻み根性といふものを覚えさせられ、まだ口惜しいは十三で大人聖人といふ何でも無いものを有難がつて子曰《しのたまはく》に魂魄《たましひ》を蠹蝕《むしば》まれ（以下略）（「明暗ふたおもて」明治二十八年）

と、老子の「学を絶てば憂いなし」（第二十章）にのっとり、勉強を始めたせいで、女性のことも含め、知らないでもいいことを知ってしまったと、諧謔的な口調で述べている。

　早くも前途多難を思わせる早熟な少年だった露伴は、関千代が御茶ノ水の女子師範学校の先生になり、塾が閉鎖されたために、一八七五年（明治八年）、九歳で東京師範学校の下等小学（後の附属

小学校）に入学、はじめて正規の学校教育をうけた。この間、同級生から草双紙を借り、児雷也・弓張月・田舎源氏などに読み耽ったりもした。

かくして四年、一八七九年（明治十二年）、十三歳で小学校を卒業したあと、東京府第一中学に進学する（得意科目は数学）。このまま行けば、文明開化の時代の新教育路線に乗って、露伴もそれなりのコースをたどったにちがいない。しかし、このころ幸田家の財政が逼迫したため、翌年、やむなく中学を退学せざるをえなくなる。このあいだの事情については、「少年時代」（明治三十三年）および「学生時代」（明治三十九年）にくわしい。

これによれば、一八八〇年（明治十三年）、十四歳で中学を退学したあと、露伴は、湯島聖堂の図書館に通って読書三昧の日々を送り、やはり図書館に通っていた淡島寒月と知り合う。この少年時代の図書館通いを皮切りに、露伴はけっきょく生涯にわたって独学を続けることになる。

もっとも、翌一八八一年（明治十四年）、十五歳のとき、時代の趨勢に合った一芸を身に付けさせようとした父の意志で、露伴は東京英学校（後の青山学院）に入り、すでに就職していた長兄の成《しげ》常《つね》のもとに身を寄せて通学した。下町合理主義の幸田家では年長の者が、順々に弟妹のめんどうを見るという不文律があったのだ（のちに露伴もまた下の妹の幸《こう》や弟の成友《しげとも》を寄宿させ、めんどうを見ている）。

こうして英語を学ぶと同時に、露伴は菊地松軒の主宰する漢学塾に入り、白話《はくわ》で書かれた朱子の言行録『朱子語類』を習い、白話を読むコツをマスターした。露伴は幼いころ受けた素読のトレーニングにより、「四書五経」をはじめ、文言《ぶんげん》（書き言葉）で書かれた漢文の読み方はお手のものだったが、白話の文章構造は文言とは異質であり、やはりトレーニングを経なければ、なかなか読めない。菊地松軒の塾で、白話の読み方をマスターし、白話で書かれる俗文学、すなわち明清の小説や元曲を難なく読みこなせるようになったことは、小説家幸田露伴にとって大きなベースになった。というのも、後述するように、ことに露伴の初期の小説は、明清の白話小説からヒントを得、これを下敷きにしたものがきわめて多いのである。

英学校と漢学塾の二本立ては、しかし、約一年しか続かなかった。翌一八八二年（明治十五年）には、またまた経済的事情によって東京英学校を退学せざるをえなくなる。ただ、この一年で、発音はからきしダメだが、英文を読むことができるようになり、後年、英語で書かれた釣りの本を読んだりしている。英学校を中退したとき、露伴はまだ十六歳だった。十六歳で、すでに中学校、英学校と中退を繰り返したのだから、尋常ではない。むろん直接の原因は経済的なものだが、露伴自身、型にはまった学校教育に向かない資質であり、自分の資質や好みに合わないものは、すぐ放棄する癖があるから、このたび重なる中退もそのへんに本当の原因があるのかも知れない。

英学校を中退したあとも、漢学塾にはしばらく通った。当時、英語や数学の塾はやや営業的で、月謝の制度もちゃんと整っていたのに対し、漢学塾のほうはいたって古風で、紹介者を通し最初にわずかの束脩をおさめさえすれば、あとは「道徳的人情的義理的」（「学生時代」）ですみ、ほとんど月謝がいらなかったことも、漢学塾通いが続いた一つの大きな理由だろう。

露伴と同時代人の夏目漱石は、「翻って思ふに余は漢籍に於て左程根底ある学力あるにあらず、然も余は充分之を味ひ得るものと自信す」（『文学論』序）と述懐しているように、のちに学んだ英文学より、幼いころから親しんだ漢籍への共感が強いことを自覚しながらも、異文化たる英文学と格闘し続けた。

しかし、漱石と異なり、自らの快感原則に合わないものと葛藤する趣味のない露伴は、新時代向きだが、馴染みきれない英語にはやばやと見切りをつけ、幼いころから慣れ親しんだ漢文に、さらに習熟することの方を選んだ。露伴の読書の範囲は、文言に白話を加え、漢籍をより広く深く読みこなすという形で、拡大されていったのである。

といっても、生活レベルの問題として、いつまでも漢学塾と図書館を往復し、ブラブラしているわけにもいかない。そこで翌一八八三年（明治十六年）、十七歳の露伴はより実用的な一芸を身につけるため、自らの意志で試験を受けて電信修技学校に入った。中学校のときから数学を得意とするなど、理科系のセンスがあったため、成績優秀で給費生となって手当をもらい、二番目の兄の郡司《ぐんじ》成忠《しげただ》の家に居候しながら、電信修技学校に通った。のちに千島探検で名を馳せた七歳上の次兄成忠は、明治三年に創設された海軍兵学寮の第一期生で、当時、海軍中尉になっていた。

電信修技学校の生徒は一年間、官費で技術教育を受け、卒業後一年、東京の中央電信局で実習したあと、地方の分局に三年間勤務するのが、規則であった。今度は露伴もちゃんと卒業して一年の実習も完了し、地方の分局に派遣されることになった。漢学塾は、修技学校に通学中、暇がなくなったのか、いつしか行かなくなっていた。図書館通いのほうはかなり後まで続けていたが、これにも終止符を打ち、一八八五年（明治十八年）、十九歳の露伴は赴任地、北海道の余市へと向かう。このときは船旅であった。

余市において、露伴はたずさえて行った漢籍を読む一方（明治十八年に出た坪内逍遥の『小説神髄』もここで読んでいる）、充分に生活を楽しんだ。生涯の趣味となった釣りや将棋もここで覚え、猟銃の扱いに慣れ猟を楽しむことも覚えた。ところが、一八八七年（明治二十年）八月、まだ一年余りも赴任期間を残しながら、突然、露伴は職務を放棄して、余市から脱出、東京へ帰る。理由はこみいった女性問題とおぼしい。そのときのことを、のちにこう記している。

十九二十歳《はたち》で愚な慾《ぐ》が出て、危かつたは二十一、男二十一の本文通り下手にまごついたら命沙汰、子曰に魂魄が弱つて居ただけ死にもせざつたが、今考へれば彼時《あの》に、「死ぬかよ死のう死ね死ぬは」と男らしく埒を明けて仕舞つた方が憖《なまじひ》に罪が浅かつたかも知れぬ。（「明暗ふたおもて」）

よほど差し迫ったむずかしい恋愛沙汰があったと思われるが、ともあれ明治二十年の八月十五日に余市脱出を決行、一か月以上後の九月二十九日に、ようやく東京にたどりつく。露伴はこの脱出行の一部始終を日記体で記し、六年後の明治二十六年、『突貫紀行』と題して刊行している。『突貫紀行』の冒頭にはこうある。

身には疾あり、胸には愁あり、悪因縁は逐へども去らず、未来に楽しき到着点の認めらるゝなく、目前に痛き刺激物あり、慾あれども銭なく、望みあれども縁遠し、よし突貫して此逆境を出でむと決したり。（中略）

きてゐたるものまで脱いで売りはてぬ

いで試みむはだか道中

これをプロローグに、露伴はじっさいに旅の間中、この紀行文を書き続けたものと思われる。ここには、追いつめられて東京に逃げ帰るにしては、おりおりに狂歌を挟み込むなど、全体に呑気な遊び心があふれている。「よし突貫して此逆境を出でむ」と大見えを切りながら、函館から本州に渡るとき、露伴はこう思案するのである。

［九月］十日、東京に帰らんと欲すること急なり。されど船にて直航せんには嚢中足らずして興薄く、陸にて行かば苦み多からんが興はあるべし。

そこで、仙台に「我が金を得べき理ある筋」の知人がいるのを幸い、陸行を決断、まず青森行きの船に乗りこむ。

青森についたあとは、「途中帽子を失ひたれど購ふべき余裕なければ、洋服には「うつり」あしけれど手拭にて頰冠りしけるに、犬の吠ゆること甚しければ自ら無冠の太夫と洒落ぬ」と、洋服に頰冠りという珍妙なスタイルで、歩いて歩いて歩きぬく。その間、食べ物にあたったり、だまされて腐ったゆで卵を売り付けられ、「やす玉子きみもみだれてながるめり　知りなば惜しき銭をすてむや」と狂歌を作り、腹立ちをまぎらわしたり、足にマメができて泣かされたりしながら、二週間かけて、ようよう仙台にたどりつく。このときには、きれいさっぱり無一文になっていた。

十日近く待たされたあげく、ようやくかの仙台の知人から、いくらかのお金と福島までの馬車券を受け取る（この間、別の知人宅に滞在）。すぐ仙台をたち福島に到着したとき、すでに郡山から東京まで汽車が通じていることを知る。もう夕方だったがここで一泊すれば、汽車賃に食い込むと思い、夜を徹して福島から郡山まで歩くことにする。途中くたびれはてて、何度もへたばり、

初めは路の傍の草あるところに腰を休めなどせしも、次には路央《みちなか》に蝙蝠傘を投じて其の上に腰を休むるやうになり、終には大の字をなして天を仰ぎつゝ地上に身を横たへ、額を照らす月光に浴して、他年のたれ死をする時あらば大抵かゝる光景ならんと、悲しき想像なんどを起こすやうなりぬ。

と、惨憺たるありさまだったが、なんとか郡山にたどりつき、やっとの思いで汽車に乗りこみ、九月二十九日東京着。余市を出てから四十五日目であった。ちなみに、のちに福島から郡山への辛かった道のりを回想し、「里遠しいざ露と寝ん草まくら」という句を作り、これが「露伴」というペンネームのもとになった。このペンネームが示すとおり、余市から東京へもどる苦しい旅は、幸田成行が小説家幸田露伴に生まれ変わるための、一種のイニシエーションだったといえる。

いったんは近代的な職業である電信技師となり、これで生計を立てることが可能になったにもかかわらず、エロスの魔に憑かれ「悪因縁」に絡まれてニッチもサッチもゆかなくなった露伴は、この事件で、自分が実用向きの人間でないことを、嫌というほど思い知らされた。以後、露伴は、文明開化の現実社会に背を向けて、幻想世界を紡ぎだす物語作者としての道を歩きだすことになるのである。

（二）

だが、東京にもどった露伴は、まずきびしい現実と直面せざるをえなかった。職務放棄をして舞いもどった露伴に対して、両親は非常に不機嫌であった。ちなみに露伴が余市に行っていた間に、家の状態はだいぶん変化していた。法華宗の信者だった父はキリスト教徒になり、洗礼まで受けていたし、六歳下の弟成友は一中卒業後、一高を受験して落第、受験勉強中であり（翌年合格）、三歳年下の上の妹、延は上野の音楽学校を卒業して、助手となり月給八円を得ていた（翌年、最初の音楽留学生として渡米）。

考えてみれば、こうして弟や妹がこぞって正規の学校教育のコースに乗っていたのに対し、露伴だけが早々とはずれてしまったのも、不思議といえば不思議である。おそらく長兄や次兄の経済力が増し、弟妹の学業援助が容易になったのであろう。幸田家のドン底時代に成長した露伴は、ワリを食ったのだ。といっても、いまさらどうしようもなく、二十一歳の失業者露伴は、肩身のせまい思いをしながら、しばらく蟄居した。この時期について、のちに露伴はこう記している。

窮して窮して窮し抜いても薄いながら鬚髭《ひげ》ある面して父母に小遣ひ銭乞ふも悲しく、又大切の朋友に目腐れ金の合力頼むも腹の見らるゝやうにて口惜ければ、たま〳〵妹に貰ふ五十銭一円

を倹約に倹約し、鉄道馬車に乗りたいところを辛防して僅に煙草を買ふ程なさけ無き頃、（以下略）（「酔興記」明治二十二年）

このどんづまりの状況のなかで、露伴は淡島寒月から借りた西鶴の本を筆写するかたわら、デビュー作「露団々《つゆだんだん》」を書きつづける。「露団々」が完成したのは、余市からもどって一年あまりたった、一八八八年（明治二十一年）の暮れだった。この原稿を友人のつてで、当時の有名な評論家依田学海に見せたところ、学海は大いに感心し、これに勇気づけられた露伴は、二人の友人に依頼して、これを雑誌『都の花』を出している金港堂にもちこんだ。その結果、首尾よく「露団々」は売れ、大みそかに五十円を受け取った。音楽学校の助手をしていた妹延の給料が八円だから、これは大した金額である。実際に『都の花』に連載されたのは、翌年の二月から八月。連載開始とともに大評判となり、露伴は職業作家として幸先のよいスタートを切ったのだった。

「露団々」は、なんとしても人の耳目をひきつけ、文壇に打って出たいという気持ちがありありと見える、奇抜で華々しい小説である。ここには、文学的野心というより、職業作家として生計を立てたいという切実な願望が透けてみえる。「露団々」の物語世界は、ぶんせいむ（紀伊国屋文左衛門のもじり）というアメリカの富豪が、愛娘るびなの婿選びのために、世界中に広告を出すというところから動きはじめる。婿候補者の資格として九か条が列挙されるが、最後に「決して不愉快の感覚を抱かずして、常に愉快なる生活をなし得る者なることを要す」という項目があった。

この広告をみた中国人の田亢龍《でんこうりゅう》なる人物が、自分のもとで養っていた、不快の感情を持ったことのない居候の日本人、吟蜩子《ぎんちょうし》を身代わりに立て応募させたことから、大騒動が起こるという構成になっている。吟蜩子はぶんせいむの眼鏡にかない、婿候補者に選ばれるが、最後にドンデン返しがあり、けっきょく令嬢るびなはもともとの恋人である青年牧師のしんじあと結ばれ、大団円となる。筋は常套的だが、露伴はここにアメリカ人・中国人・日本人等々を登場させ、西洋・中国・日本に関する知識を思いきり盛り込んで、奇想天外、波瀾万丈の物語に仕立てあげた。

つまるところ婿選びのドンチャン騒ぎ、大騒動が描かれているわけだが、全二十回からなる章回小説仕立ての物語構成は、考えぬかれたものであり、一回ごとのタイトルには、「第一回　古池や蛙とび込む水の音」という具合に、すべて芭蕉の俳句を使うという凝りようである。意識的に、和漢洋混淆の物語世界を作り出そうとするこの戦略が、文明開化のおりからみごと図にあたり、「露団々」は大評判をとった。

この小説は、明末の白話短篇小説「銭《せん》秀才、錯《あやま》つて鳳凰の儔《つま》を占《め》ること」(『醒世恒言』第七巻。『今古奇観』第二十七巻) からヒントを得ている。眉目秀麗、学識抜群の銭秀才が親戚に頼まれ、身代わりになって見合いの席に出たことがきっかけで、さいごにめでたく当の見合いの相手と結ばれるというストーリーである。露伴はこれをネタに大々的に物語構想を膨らませ、『幸田露伴』の著者塩谷賛の言葉を借りるならば、似ても似つかぬ奇抜このうえない「国際小説」を生み出したのだった。

さて、一八八八年（明治二十一年）の大みそか、「露団々」が売れて大枚五十円を手にして浮かれた露伴は、そのまま糸の切れた凧のように旅に出る。この旅の一部始終は「酔興記」にくわしい。これによれば、金港堂との交渉に当たってくれた二人の友人を慰労して、料亭で痛飲するうち、皆がソッポを向いていた時期に親切にしてくれた電信局時代の先輩を思いだし、急に会いたくなる。そこで二人の友人を誘い、先輩の転勤先、上州の佐野まで夜を徹して歩く。

佐野で先輩と会ったあと、こんどは一行四人で足利、桐生と見てまわり、一月五日、前橋に到着、ここで他の三人は帰るが、露伴は一人さらに旅を続ける。汽車・馬・徒歩を織りまぜて信州をまわり、木曽路をぬけて高山から名古屋に出たあと、さらに大津・京都・大阪にまで足を伸ばす。こうしてさんざん歩き回ったあげく、四日市にもどって横浜まで汽船に乗り、ようやく東京にもどる。五十円持ってふらりと家を出たのが大みそかの深夜、そのまま着のみ着のまま旅をつづけ、帰宅したのがちょうど一か月後の一月三十一日。なんとも呆れた極楽トンボぶりだが、当人は、

二十九日、四日市を発して、三十日の夜一時横浜に上陸し、三十一日家に帰りぬ。時に嚢中一銭も無くなりければ、自ら経済の妙を得たるに誇ること甚し。（「酔興記」）

と大得意であった。行き当たりばったり、思いつくまま旅程をのばしながら、かっきり一か月、きっちり五十円使い果たして、スッテンテンになってもどってくるというところが、合理的といえば

合理的である。

これ以後、露伴はまとまった原稿料が入ると旅に出る癖が付き、日本中を旅してまわった。おそらく余市から東京に戻る「突貫紀行」で、放浪癖が付いたのであろう。露伴の初期の作品は、こうした放浪の旅で得たインスピレーションによって、書かれたものが多い。露伴は江戸文化の粋を体現した作家だとされるが、その実、「風流仏」にせよ、「対髑髏」にせよ、「いさなとり」にせよ、初期の代表作品の舞台は信州の山の中であったり、中禅寺の山奥だったり、九州平戸の生月だったり、東京から遠く離れた地方がほとんどである。一種の脱中心志向、あるいは現実世界とは次元を異にする異界志向ともいうべきものが、露伴を旅に駆り立て、その旅が次々に作品を生みだしたといえよう。

もっとも歩いて旅したとはいえ、露伴はおりおりに汽車を利用している。逆説的な言い方をすれば、この汽車という近代文明の利器が、露伴にとって異界や異境を、すぐ手の届く近いものにしたことはまちがいない。

明治二十一年暮れから二十二年初頭の「酔興記」の旅は、傑作「風流仏」を生んだ。木曽の山奥の宿で出会った、「画になんど見るが如く清げな」美少女から、ヒロインのイメージを得たのだ。

明治二十二年九月に書かれた「風流仏」は、仏師の珠運と薄幸の花漬け売りの少女お辰の恋の顛末を描いた作品である。珠運は木曽路の須原の宿で可憐な花漬け売りのお辰に出会う。お辰は因業な叔父に痛めつけられている薄幸な身の上であり、同情した珠運は叔父に百円の金を出して彼女を救い、親切な宿の主人に預ける。宿の主人はお辰と祝言を上げるよう勧めるが、珠運は修業中だからとストイックに拒絶し、そのまま旅立つ。しかし、まもなく重病にかかり困窮したところを、駆けつけた宿の主人とお辰に救われ、須原の宿にもどって療養する。相思相愛の珠運とお辰はかくして、いよいよ結婚する運びになるが、なんとその婚礼の当日、お辰が消えてしまう。

お辰の失踪は、その出生と深い関わりがあった。京都祇園の芸妓だったお辰の母は、維新の志士と深い仲になり、お辰をみごもった。しかし、恋人の志士はそのまま官軍に参加し、音信不通となった。お辰の幼いころ、苦労の末、母は死に、お辰は因業な叔父に引き取られた。そのまだ見ぬ父が出世して今は子爵となり、お辰の行方を捜しあて、婚礼の直前、迎えに来たのである。かくして東京の子爵邸に引き取られたまま、便りも途絶えたお辰を怨みつつ、珠運は彼女の彫像を彫りつづけた。

最初は像に衣装を付けたが、感情が激するにつれ衣装を削りとってゆき、ついに輝くばかりの裸身のお辰像が完成する。その直後、宿の主人からお辰の婚約を報ずる新聞を見せられた珠運は、怒りに駆られ、ナタをふるって、お辰の像を壊そうとするが、どうしても壊せない。その瞬間――。

一声呑《のん》で身をもがき、其儘ドウと臥《ふ》す途端、ガタリと何かの倒るゝ音して天より出でしか地より湧《わき》しか、玉の腕《かひな》は温《あたゝか》く我《わが》頸筋にからまりて、雲の鬢《びん》の毛匂《にほ》やかに頬を摩《なで》るを、ハット驚き急《せは》しく見れば、有《あり》し昔に其儘の。お辰かと珠運も抱《だき》しめて額《ひたひ》に唇。彫像が動いたのやら、女が来たのやら、問《とは》ば拙《つたな》く語らば遅し。

この「風流仏」は、中国の仙人譚のように、夢かうつつか、珠運は彫像のなかから抜け出してきた幻のお辰とともに昇天し、この世ならぬ世界、異界へと去って行くという、シュールな結末になっている。

こうして「風流仏」では、裏切った女お辰が幻想のなかに溶解し、曖昧に美化されぼやかされているのが、めだった特徴である。これ以後、露伴は初期の作品群において、繰り返し裏切る女を描きつづけた。しかし、その描き方は一様ではなく、時とともに裏切る女のイメージは刻々と変化している。まさしく裏切る女は、初期露伴の作品世界の鍵となるイメージにほかならないのである。

「風流仏」も好評を博し、才能ゆたかな新進作家として注目された露伴は、この年（一八八九年＝明治二十二年）暮れ、日就社（読売新聞）の客友となった。明けて一八九〇年（明治二十三年）一月から二月、傑作「対髑髏」（初出時のタイトルは「縁外縁」）を雑誌『日本之文華』に発表する。「対髑髏」の物語世界は次のように展開される。

日光中禅寺奥の湯宿で病後の身を養った露伴という男が、雪深い山を越えて帰路につこうとしたが、途中で道に迷ってしまう。ようやく沼のほとりの一軒家にたどりつき、一夜の宿を乞うたところ、一人住まいの二十四、五の美女が現れ、快く露伴を迎え入れる。夜が更けいざ休む段になると、布団が一組しかなく、二人は譲りあう。と、美女（お妙）は急に妖艶な媚態を示し、サア此方《こち》へござれ御一所《ごいつしよ》に臥《やす》みませう、妾《わたく》しもあなたの御言葉を立《たて》ますればあなたとて妾しの一言《いちごん》を立《たて》て下さつたとて、御身体《おからだ》の解《と》くるでもあるまい汚《よご》るゝでもござるまいに、何故《なぜ》そう堅うなつて四角ばつてばかり居らるゝか、エゝ野暮《やぼ》らしい、と柔らかな手に我手を取りて睛《ひとみ》も動かさず平気に引立《ひきたて》んとする其《その》美しさ恐ろしさ。

と誘うが、露伴は彼女がとても尋常な女とは思えず、かたくなに拒否する。かくして話しながら夜明かしをすることになるが、そのとき、なぜこんな山の中で一人住まいをしているのかという、露伴の問いに答えて、お妙は数奇な身の上を語りはじめる。

お妙が十八のとき亡くなった母は、今はの際に小箱を手わたした。そのなかに入っていた手紙を読んだ瞬間、お妙は目の前が真っ暗になり、それ以後、すべてのことに興味を失い、どんな縁談が持ち込まれても断りつづけた。さる華族の若君が彼女の美貌を伝え聞き、何度も使者を寄越して求婚してきたけれども、やはり拒否しつづけた。そのうち、若君は恋患いで重態となり、呼ばれて臨終の枕辺に駆けつけたお妙に見取られ、死んでしまう。お妙は若君の初七日の夜、家を出てさまよい歩いたあげく、この山中に身を落ち着けたとのこと。お妙が話し終わったころ、白々と夜が明け、露伴がふと我にかえると、家も女も消えうせ、足元に白い髑髏が一つ転がっているだけだった。

露伴は麓の宿にもどり、山奥に入ったまま出てこなかった人はないかと、宿の亭主に聞くと、そういえば、去年、顔も崩れた凄まじい形相の乞食女が、狂い狂いしながら山奥へ入っていくのを見たという。あの白々と静まりかえった髑髏には、匂い立つような美女が、膿みただれた業病の乞食女に変貌するドラマが封じ込められていたのである。その髑髏が、迷い込んだ露伴の前に、魔性の美女、妖かしの女となって出現し、彼を異界へと誘い込もうとしたわけだ。

この「対髑髏」のヒロインは、裏切る女というよりは、男を破滅の淵に誘う魔性の女として描かれている。しかし、「風流仏」では裏切った女（立ち去った女）が彫像の中から出現し、「対髑髏」では髑髏が妖かしの美女に変じるというふうに、いずれも生命なきモノと化した女が、幻想のなかで再生するという点では、共通している。

異なるのは、「風流仏」の主人公の珠運は女とともに異界へ旅立ったのに対して、「対髑髏」の主人公の露伴は、女によって異界へ引き込まれる寸前、辛うじて踏み止まることである。「対髑髏」で異界に引き込まれる瞬間立ちどまり、現実に回帰する「露伴」の姿には、先にあげた「酔興記」の旅で、放浪に放浪を重ねたあげく、きれいさっぱり一文なしになって東京にもどった現実の露伴を思わせるものがある。異界を志向しつつ、虚構においても現実においても、露伴は必ず現実に回帰するのだ。

この「対髑髏」の下敷きになったのは、いうまでもなく『荘子』「至楽《しらく》篇」の髑髏問答のくだりである。だが、物語展開は独創的であり、髑髏問答は露伴に発想のヒントを与えたにすぎない。ちなみに、「露団々」にせよ「風流仏」にせよ、この「対髑髏」にせよ、中国の古典哲学や小説を下敷きにしつつも、文体は漢文脈とはおよそ異質な、和文脈にほかならない。この傾向は、初期の露伴の作品すべてに共通するものである。
さらに付言すれば、露伴は晩年、この「対髑髏」をひどく嫌ったという。いくら本人が嫌っても、この作品が初期露伴文学の傑作中の傑作であることは、論をまたないけれども。

さて、「対髑髏」が世に出たこの年（明治二十三年）、露伴は憑かれたように、ほとんど一年中、旅をした。まず二月に二十日ほど、小田原から湯本をまわる（「客舎雑筆」）。席の暖まる暇もなく、続いて四月末から五月末まで約一か月、木曽路から京都に出たあと、神戸を経て四国へわたり、さらに広島、宮島、下関を通って九州に上陸、大宰府から熊本へと向かい、とうとう鹿児島まで行ってしまう（「乗興記」「まき筆日記」）。

当人は、「何の事もなく、浮々《うかうか》とあるく楽みの無窮なるを信じて、今日もまた旅にとて立出づ」（「客舎雑筆」）といたって呑気な風情だが、じっさいには、この九州浮かれ旅が、初期露伴のメルクマールとなる重要な小説「いさなとり」の構想を生むことになる。

鹿児島からもどってまもない六月、こんどは赤城山に旅し（「地獄渓日記」）、地獄渓の宿に逗留中、「ひげ男」ならびに「一口剣」と、二篇の小説を書く。前者は後年の史伝小説のはしりとなる作品だが、後者「一口剣」には、またまた裏切る女が登場する。

「一口剣」の主人公の正蔵は腕のいい刀鍛冶だが、お蘭という女と駆け落ちし、いまや農具専門の田舎の鍛治屋に落ちぶれている。そんなある日、噂を聞いた領主は、正蔵に一口剣（一振りの名刀）

を作るよう命じ、五十両の資金を与える。お蘭は大喜びするが、自信がもてない正蔵は大酒を飲んでくどくど愚痴るばかり。翌朝、目が覚めてみると、お蘭の姿はどこにもない。弱気の正蔵に愛想をつかし、五十両を手に逐電してしまったのである。正蔵は絶望して自殺しようとしたところを、村の庄屋になだめられて発奮、三年後、りっぱな剣を作りあげたのだった。

ここに登場する裏切る女お蘭は、ほんの脇役にすぎない。しかし、その裏切る女としてのイメージには、これまでの「風流仏」や「対髑髏」の場合と異なり、まったく幻想のベールがかぶせられておらず、この点がおおいに注目される。

この作品は、明らかに六朝志怪《りくちょうしかい》小説集『捜神記《そうじんき》』（東晋・干宝編）に見える「干将莫邪《かんしょうばくや》」の話を下敷きにしたものである。しかし、ここに登場する刀作りの名人干将の妻は、すこぶる貞淑な女として描かれている。にもかかわらず、露伴はこれを意識的に裏切る女に変型した。こうした作り替えにも、裏切る女に執拗にこだわりつづける露伴の心理が、くっきりと映し出されているといえよう。

旅に明け暮れた明治二十三年末、露伴は読売新聞を退社し、国会新聞（朝日の村山竜平が主催）に移籍した。月給六十円。これで、生活はうんと楽になった。翌明治二十四年、根岸に移り住んだ露伴は、根岸に住む文人たちと「根岸党」なるグループを作り、月に一度、遊びの精神にあふれた二日間の旅を試みるなど、存分に生活をエンジョイした。ちなみに、「根岸党」のメンバーには、饗庭篁村・幸堂得知・森田思軒・岡倉天心・高橋太華などが顔をそろえ、露伴の幼馴染みの淡島寒月も客分として加わっていた。露伴をはじめ、生粋の東京生まれの文人たちが、江戸文化の遊び心を再現した「根岸党」は、メンバーが次々に根岸を離れ転居して行ったため、二年あまりで自然消滅したのだった。

生活も安定し、気晴らしにも事欠かなくなったこの年（明治二十四年）二月、露伴はとてつもない小説を書き上げた。題して「艶魔伝」。閻魔にひっかけ、艶魔すなわち「艶っぽい魔の女」に変身する術を説くこの小説は、背徳的だということで、発表もままならなかった、いわく付きのものである。

この小説は、丹波太郎右衛門なる人物が、色道について質問を寄せてきた芦野花子なる女性に対し、書簡体をもって、美人にみせる方法、男を魅了する方法、男を捨てる方法などを、二十七条にわたり、懇切丁寧に伝授するというスタイルで書かれている。指南役の丹波太郎右衛門は芦野花子から伝授金をとっており、書簡のなかには実は三十五条の項目があげられているが、このうち八条は項目だけで解説がない。これについてもっとくわしく知りたい場合は、改めて伝授金を支払うべし、などと記されており、全体にいかにも陽気で諧謔的な気分がみちあふれている。

「艶魔伝」では美人にみせる方法がまずいくつかあげられるが、ざっとこんな調子で語りが展開される。

第三は嗜《たしな》みにて、色艶よくするため鳥獣の肉を嫌はず、湯茶《ゆちや》を多く飲まず、津唾《つば》を乱《みだ》りに吐かず、塵を捻《ひね》り鬢《びん》をいぢるやうの五月蠅《うるさ》き手癖《てくせ》を戒《いまし》め、無暗と衣紋《えもん》を直す如き事をなさず、起居《たちゐ》に骨鳴り節鳴りさせず、万事に付《つけ》て気を付《つけ》心を用ゐて仮令《たとへ》ば寝ごみに踏込《ふみこま》るゝとも醜き姿を見せず、よしや内々《ない〱》葱蒜《ねぎにら》を食ふたりとも其後にて直ちに熱湯に酢を点《さ》したるをもて嗽《うがひ》して人に知らせざる様巧者にする事にて候。

これに続き、「いぎたなく枕を外《はづ》し、差櫛《さしぐし》を刎《は》ね飛《とば》し、脇の下の白なまづを現はし、然も鼻より提灯《ちやうちん》を出」すなどはもってのほかと、美女に見せるため、いかに「嗜み」が大切かを、戯作者の語り口を以て述べたてる。「男を捨てる方法」になると、語り口はいっそう辛辣の度を加え、「男零落《おちぶれ》はてゝ縁切れし後までも良く思はるゝ女こそ手管の上手《じやうず》なれ」と、別れ際のテクニックを縷々、伝授するに至る。

見てのとおり、露伴はここで「艶魔」への変身法を説くという形で、魔性をふりまく女の仮面を暴き、裏切る女の姿をリアルに分析しきっている。「風流仏」以来、裏切る女のイメージを描きつづけてきた露伴は、ここに至り、自分にとって裏切る女や魔性の女は、もはや神秘な存在ではない。その手のうちはお見通しなのだと、女性のさまざまな生態に対する蘊蓄を傾けつつ、宣言しているかに見える。

（三）

「艶魔伝」を書き上げ、魔性の女、裏切る女の脱神話化を成し遂げた露伴は、一八九一年（明治二十四年）五月から、長篇小説「いさなとり」を『国会』に連載した。この「いさなとり」は露伴が唯一完成しえた長篇小説である。これ以降、明治二十八年から二十九年に書いた「風流微塵蔵」も、その十年後の明治三十九年から四十年に書いた「天うつ浪」も、途中で「興尽き」て、すべて未完のまま終わっている。

「いさなとり」は全百回の章回小説の形式で書かれており、冒頭から第十三回までは、主人公彦右衛門の現在の姿を描く。伊豆下田の蓮台寺に住む財産家の彦右衛門は当年六十五歳ながら、晩婚で得た若い妻と十五の美しい娘がいる。万事に温厚な人柄なのだが、男女関係には病的に神経質であった。この病的な性癖は、どうやら彦右衛門の過去と深く関わっているらしい。

この彦右衛門が妻と娘を引き連れて東京見物に出かけ、その帰り道に横浜で軍艦見物をする機会に恵まれる。そのおり、昔馴染みの老水夫《かこ》に再会、立ち話をしている最中、年の頃二十七、八の眉目秀麗の海軍士官荒磯段九郎を見かけ、彦右衛門は大きな衝撃を受ける。その日の夜、彼は老水夫を料亭に招いて御馳走し、今後、定期的に荒磯段九郎の動静を知らせてほしいと依頼して、下田に帰る。こうして荒磯段九郎が、彦右衛門の秘めたる過去の核となる存在であることを暗示し、物語時間は第十四回以降、過去へと切り替わる。

彦右衛門は十四歳のとき、幕末当時、大流行した「抜け参り」に加わって故郷の下田をとびだし、乞食同然の道中を重ねて京都にたどりつく。たまたま数珠屋を営む佐十郎老人と知り合い、その世話で老人の甥庄兵衛が営む井桁屋という染物屋の小僧になる。庄兵衛はもともと染物職人だったが、井桁屋の主人に見込まれ、娘お俊と結婚した婿養子だった。

彦右衛門が奉公してから三年、まじめ一方だった主人の庄兵衛が、ふとしたきっかけで遊郭に入り浸りになり、怒ったお俊は毎日酒をあおり、もろくも家庭崩壊してしまう。彦右衛門は間に立って気をもむが、ある日、酔ったお俊に誘われて不義の関係に陥った。次にあげるのは、翌朝、彦右衛門がはげしい自己嫌悪に襲われるシーンである。


今日は無類の厭《いや》な心持、人の顔見るも何《どう》やら恐ろしく況《ま》して人に顔見らるゝは猶怖ろしく、若《も》し茲《こゝ》に小さき洞穴《ほらあな》なりとも在るならば仮令《たとへ》如何《いか》に窮屈なところなりとも其裡《そこ》に身を隠して、一生誰にも面《おもて》を合《あは》せず済《すま》したき願ひの彦右衛門、生憎物和《あいにくものやさ》しく情《なさけ》ある眼使《めづか》ひするお俊が憎くて〳〵、肉を食《くら》ふ前には先づ笑ふと聞《きゝ》し狒々《ひゝ》の笑ひとは此様なものであらうかとおもふほど、莞《にっ》爾《こり》笑ふ美しい顔も何処《どこ》やらに気味悪いところあるを覚え、顔を外向《そむ》けて的《あて》なしに見開《みひら》き居る眼の何物も能くは見ざる淋しさ。（中略）日の光り月の光りもない場所へ逃《にげ》て行きたいやうな卑怯な心が、関《かま》はぬ〳〵為《し》かけた悪事を中途で止《や》むるなどいふことあるべきやと腹の底で力《りき》む異《い》な強みのある無法な心と揉み合ひ捻《ね》ぢ合ふ苦しみ。（第四十七回「日の光り怖し」）

魔性の女お俊に見入られ不義を犯した彦右衛門は、あるいは罪悪感にさいなまれ、あるいは「毒食らわば皿まで」と自暴自棄に陥るなど、混乱の極に達するが、けっきょく、その夜のうちに井桁屋を出奔してしまう。めざす先は九州平戸の「いさなとり」、すなわち捕鯨の基地生月港《いけづき》である。生月港には、主家のゴタゴタの最中に知り合った、数珠屋の佐十郎老人の息子の惣五郎がいた。

京都から生月に向かう途中、彦右衛門は広島で困窮し、木賃宿の主人の世話で算盤屋に住み込んだとき、またまた事件に巻き込まれる。もと算盤職人で望まれて財産家に婿入りした銀次郎が、淫蕩な姑に手を焼いているのを見かねて、姑の情夫のヤクザ者をぶちのめし、半殺しにしたのである。醜悪な老魔女が登場するこの話を間奏曲として、第六十回以降、舞台はいよいよ生月へと移る。

生月に到着すると、頼みの惣五郎はいさなとりをやめ、京都にもどるところだった。やむなく彦右衛門は荒々しい気性の羽指《はさし》（リーダーとして鯨に銛《もり》を打ったり、捕った鯨を船にくくりつけたりする役）、権右衛門配下の水夫《かこ》となる。かくして十年、二十五歳になった彦右衛門は屈強のベテラン水夫に成長し、権右衛門が死ぬと、後任の羽指として大いに力を発揮する。

「いさなとり」の第六十六回と六十七回には、羽指の彦右衛門が大鯨と闘う場面がダイナミックに描かれており、この場面については、平岡敏夫著「殺戮する露伴」（岩波書店刊『文学』一九七五年十一月号収）に詳細な考証がある。これによれば、この場面の下敷きには、一八二九年（文政十二年）に著された『勇魚取絵詞』があり、露伴がこれからヒントを得て、捕鯨シーンを書いたことはほぼ間違いない。

それはさておき、花形の羽指になった彦右衛門はひょんなことからお新という女と知り合った。お新は最初の夫と死別して実家にもどり、狡猾な性格の継母と暮らす不幸な身の上だった。やがて、彦右衛門はお新と祝言をあげた。継母も同居したので、不愉快な局面もあったが、まずは無難な日々がつづき、一子新太郎をもうける。とかくするうち、彦右衛門は百五十日の長期にわたる漁に出て、家を空けることになる。

長い漁からようやく帰ってみると、どうもお新のようすがおかしい。実は、お新の先夫の伝太郎は生きていた。伝太郎は裕福な商家の跡取り息子だったが、放蕩がすぎて勘当され、お新も実家にもどされた。その伝太郎が許されて家にもどり、彦右衛門が不在の間に、継母が見て見ぬふりをしているのを幸い、お新とよりをもどしたのである。彦右衛門が帰ってからも、彼らは密会をつづけ、とうとう彦右衛門と鉢合わせしてしまう。

このとき、動転したお新は伝太郎に斧を渡し、彦右衛門に打ちかからせた。彦右衛門がその斧を奪い取った直後、凄まじい惨劇が繰り広げられる。

外大腿《そともゝ》きられて血はさつと迸《はし》るに、汝《おのれ》よくも我を斬りしと忿怒《いかり》一段激して死身になりし彦右衛門、斧持つ敵の手を捻《ね》ぢ上げて奪ひ取らんと揉み合へば、お新はうろ〳〵、新太郎は物音に驚きて泣《なき》いだす、行燈《あんどん》は倒るゝ、婆《ばゞ》は平日《ひごろ》の口喧《くちやかま》しきにも似ず何処《いづく》かの隅に潜み居る始末。一場埒《らち》なく乱れて黒闇々《こくあん〱》たる其中にキャッと魂消《たまぎ》る声はたしかに伝太郎なり、聞《きい》て驚くお新の今さら急に逃げ出《いだ》さんとする様子。汝《おのれ》淫婦めと背面《うしろ》より心当《こゝろあて》に浴《あび》せかければ、同じく最後の一声《ひとこゑ》たてゝ其儘息は絶《たえ》たるらし。之《これ》にも余怒の治まらねば、見す〱不義を許したる軽薄婆《けいはくばゞ》め覚悟せよと、娘の声に驚きて思はず知らず立ちあがりたる婆《ばゞ》をも酷《むご》く首刎《は》ねたり。（第八十一回「今殺されうとするも知らいで」）

こうして三人を一気に斬り殺したあとも、彦右衛門は、「後脳《こうなう》打ち割られて俯《ふ》し居るお新、さても気味のよい死状《しにざま》なり。婆《ばゞ》が首の頷《あご》にかけて七分《ぶ》まできれ居るも愉快におぼえ……」と、まるで鯨に銛をつきさしたときのような快感をおぼえるだけで、つゆほどの後悔もない。

ことのついでに、赤ん坊の新太郎も殺して、「我周囲《まはり》を乾浄白々《きれいさっぱり》となし呉れん」と首を絞めようとした瞬間、にっこり笑いかけられ、「慄然寒気《ぞっとさむけ》ざし、満身の毛孔《けあな》より風出《いづ》るかと疑がはるゝまで」総毛《そうけ》だって、我にかえったのだった。そこで新太郎を抱えて海に飛び込んだが、死にきれず、新太郎を小舟に乗せて流し、自分も別の舟に乗って沖へ向かう。

以上が、彦右衛門のおこした惨劇的事件の概要である。「風流仏」以来、「対髑髏」「一口剣」と、魔性の女、裏切る女を描きつづけてきた露伴は、「艶魔伝」における脱神話の操作を経て、「いさなとり」に至り、鯨の殺戮を業とする主人公彦右衛門を通し、とうとう裏切る女を殺害したのだ。

裏切った妻を殺害する「いさなとり」の物語展開に、ヒントを与えたのは、やはり明末の白話短篇小説「任孝子《じんこうし》の烈性、神《かみ》と為《な》ること」（『古今小説』第三十八巻）だと思われる。これは、任珪《じんけい》という まじめ一方の薬屋の番頭が、不義をはたらいた妻と相手の男、不義を黙認していた妻の両親、さらには居合わせた召使いまでの五人を皆殺しにする話である。こうして皆殺しにしたあげく、五人の首を切りとり、髪をとかして一つにくくりつけ、それを胸にかかえて自首したというのがこの話の結末だから、血なまぐさいこと、このうえない。

明らかにこれを下敷きにしているものの、「任孝子」の物語と「いさなとり」には、人物の設定のしかたに大きな落差がある。それは、「いさなとり」の主人公彦右衛門は、無謬性の権化である任珪とは異なり、自分自身かつて京都で不義の罪を犯したことがあるという、因果応報の設定になっていることである。彦右衛門は裏切った妻を殺害すると同時に、いわばかつての自分に相当する妻の相手を殺したことになる。けっきょく彼は裏切った女とともに、過去の自分をも殺したのだ。「いさなとり」は、こうして殺す者と殺される者が重なるという、二重構造をもつ物語にほかならないのである。

「いさなとり」は、転変の末、壱岐に渡り生月の捕鯨のボスとめぐりあった彦右衛門が、十年余りこの地で漁師暮らしをして、蓄えもできたところで故郷にもどった顚末をたどったあと、九十九回と百回でふたたび物語時間を現在にもどす。横浜の軍艦でみかけた海軍士官の荒磯段九郎は、すでに伏線が張られ暗示されているように、実は海に流した彦右衛門の息子の新太郎であり、けっきょく親子再会、「いさなとり」の物語世界はいかにも世話物らしく、めでたしめでたしの大団円で結ばれる仕掛けになっている。

露伴が、こだわりつづけてきた裏切る女をついに殺した、この「いさなとり」は、長篇小説としてみごとな仕上がりを見せているばかりではなく、露伴の文学にエポックを画する重要な作品だと思われる。これ以後、「雪たたき」など、ごく稀な例外を除いて、露伴の小説に裏切る女は登場しなくなるのである。

それにしても、裏切る女を殺し、その姦通相手とオーバーラップさせる形で、主人公自身も殺した露伴は、けっきょく何を殺したのであろうか。余市から東京へ舞い戻って以来、はやばやと文明開化の世に背を向け、憑かれたように旅を重ねつつ、魔性の女、裏切る女のイメージを追って書きつづけた露伴は、この大惨劇を描くことによって、自らを破滅へと向かわせるデモーニッシュなものを清算し、自ら浄化したのだとしか、いいようがない。時に明治二十四年（一八九一年）、露伴二十五歳。

「いさなとり」を完成したあと、露伴はじょじょに変わりはじめる。生き方や文学に対する姿勢に微妙な変化が生じるのである。もっとも、露伴初期の最高傑作と世評の高い「五重塔」が、書かれたのは「いさなとり」完成の直後であった。これは、露伴自身、

> 長々御愛読を玉はりしいさなとり漸く完結いたし了《をはん》ぬ。思ふところありて腹稿の一半を削減せ

したため興薄くなりしは謹んで読者諸君に叩頭万謝つかまつるところなり。其罰として息もつかず引つゞき明日より工事にとりかゝり大急ぎにて五重塔と申すをちよいと建立いたし高覧に具ふべし、大工何ぞ必ずしも長家のみを作らむやと手斧初めの景気のため威張つて御吹聴申すこと然り。(「いさなとり後書」『国会』明治二十四年十一月六日号)

と、あたかも講釈師を思わせる口調で述べているとおり、「いさなとり」の余勢を駆って、一気に書きあげたとおぼしい。ここには、裏切る女はもはや登場しない。ひたすら職人のパトスに焦点があてられ、露伴のそれまでの作品に顕著に見られる、暗く渦巻く混沌は影をひそめるのである。「五重塔」が発表と同時に大評判をとったのに対し、これに先行する、露伴にとってより重要であり、完成度も高い「いさなとり」が、ほとんど黙殺に近い扱いを受けたことは、いかにも皮肉な現象だといえよう。

「いさなとり」および「五重塔」を書き上げた後、一八九二年(明治二十五年)頃から、露伴は少年文学を多く書くようになった。その一方で、一八九三年(明治二十六年)一月から、長篇小説「風流微塵蔵」を『国会』に連載しはじめるが、翌一八九四年(明治二十七年)、腸チフスにかかって死にかけ、回復後も創作欲のはなはだしい衰えを感じるようになる。このため、断続的に書き継いだ「風流微塵蔵」も、一八九五年(明治二十八年)に中断、けっきょく未完成に終わるのである。露伴が瀕死の床にあった明治二十七年、露伴より一つ年下の北村透谷が自殺する。死にゆく者、生き残る者。明治二十年代前半の文壇で活躍した者たちは、こぞって大きな転機にさしかかっていた。明治二十八年春、「風流微塵蔵」の筆を折ったころ、露伴は結婚した。中国文学に関する本格的な論考「元時代の雑劇」を、『太陽』に発表したのもこの年のことだ。歩き旅する人であった露伴は、しだいに書斎の人へと変わっていくのである。こうした露伴初期の変身が、「いさなとり」における、あの凄絶な殺戮を契機とすることは、いうまでもない。

（『日本研究』一六、一九九七年九月）

幸田露伴と『水滸伝』

幸田露伴と『水滸伝』（十四世紀中頃完成？）の因縁は深い。一八六七年（慶応三年）生まれの露伴は、七歳の頃から漢文の素読を習ったが、このときの教材は『十八史略』（一三七〇年頃成立）や「四書五経」など、文言（書き言葉）のものばかりだった。しかし、一八八一年（明治十四年）、菊地松軒の主宰する漢学塾に入るや、またたくまに白話（話し言葉）の文章を読むコツをマスターし、露伴の読書範囲はぐっと広がった。白話で書かれた長篇小説『水滸伝』を原文で読み、大いに興趣を覚えたのも、この頃のことである。

少年時代から『水滸伝』に親しんだ露伴は、一九二三年（大正十二年）、『水滸伝』を全訳・刊行するに至る（「国訳漢文大成」所収）。塩谷賛『幸田露伴』（一九六五〜六八年）によれば、自ら「捻《ね》じ伏せるように訳したのだ」と語ったというが、白話で書かれた原文を訓読風に読み下した露伴の訳は、原文のニュアンスを存分に生かした、まことにみごとなものである。

痛烈な「七十回本」批判

『水滸伝』には、百回本、百二十回本、七十回本など、さまざまなテキストがあるが、露伴訳『水滸伝』の底本はもっとも長い百二十回本である。実は、露伴が『水滸伝』の翻訳に着手する以前、ずっと流布していたのは、明末清初の文学者、金聖嘆《きんせいたん》が編纂した七十回本であった。金聖嘆は伝来の百回本や百二十回本の『水滸伝』に大幅に手を加え、百八人の無頼の豪傑が梁山泊に集結する七十一回（楔子《せっし》つまりプロローグと本文七十回）で物語を打ち切り、梁山泊の豪傑たちが朝廷に帰順し、その多くが悲劇的な最期を遂げる経緯を描く、後半部をカットしたものにほかならない。

露伴はこの七十回本をまったく評価せず、編者の金聖嘆を「小児事を解する風をする奴で、水滸伝の批評篇《へん》ばかり見てゐると、金聖嘆もえらさうに見えるけれども、ナアニそれほどのものではない」（「水滸伝の批評家」）などと、痛烈に批判している。露伴は百二十回本の長所は、梁山泊百八人の豪傑のリーダー宋江が、朝廷に使い捨てにされたあげく、「其《そ》の死ぬところは実に悲壮淋漓《りんり》で、それがあつてこそ水滸の大文字が活動して神霊となるに至るのである。（中略）七十回で、梁山泊に英雄が揃《そろ》つたゞけでは何の事も無い談《はなし》である」（「水滸伝雑話」）というふうに、それが悲劇的結末まで描ききっているところにあるという。

中国古典白話長篇小説は、『三国志演義』（十四世紀中頃完成）にせよ『金瓶梅』（明代後期成立）にせよ『紅楼夢』（百二十回本、一七九一年刊）にせよ、大勢の人物が次々に登場し集まって、クライマックスを迎えたあと、一人また一人と舞台から退場し、「悲壮淋漓」のうちに幕が下りるのが習いだ。クライマックスで打ち止めにした七十回本を否定し、百二十回本『水滸伝』を評価したのは、中国古典小説のセオリーを熟知した、露伴ならではの卓見といえよう。

露伴の連環体小説

ちなみに、露伴自身の長篇小説「風流微塵蔵」（一八九三〜九五年、未完）、「天うつ浪」（一九〇三〜〇五年、未完）も、『水滸伝』など中国白話古典小説の基本的スタイル、すなわち鎖の輪をつなぐように話を進めてゆく章回体《しょうかいたい》・連環《れんかん》体を踏襲している。だが、これら露伴の連環体による長篇小説はすべて未完に終わった。

このスタイルでは、近代の世界を全体的に描くことはできなかったということであろう。

露伴は長篇小説では挫折したけれども、「運命」（一九一九年）や「連環記」（一九四一年）のような中篇史伝小説のジャンルでは、連環体を縦横に駆使し、傑作を著した。古き革袋に新しき酒を。露伴は『水滸伝』をはじめとする中国古典小説の伝統的枠組みをたたき台とし、新しい文学世界を切り開いたのである。

（週刊朝日百科『世界の文学』一〇七、二〇〇一年八月）

露伴文学へのいざない――『幸田露伴の世界』刊行にふれて

手付かずの宝箱

幸田露伴といえば明治〜昭和にかけて数々の著作を残した文豪です。誰でもここまではご存知でしょう。しかし同時代の夏目漱石や森鷗外などと比べると、あまり読まれていないのではないでしょうか。それに、難しいとか、お堅い「文豪」といったイメージを持っている人がけっこう多いと思います。

じつは二十年くらい前、露伴を読もうと思って、金沢大学の図書館に『露伴全集』を借りに行ったことがあります。そうしたら図書カードに何の記入もなかった。要するに誰一人として借りていなかったわけです。その後、二、三年たって、たまたま東京・神田の古本屋で『全集』をひと揃い見つけて買ったのですが、それも新品同様でした。どなたがお売りになったのかわかりませんけれど、最初から最後まで全然開いた形跡がない。

私は彼の作品はまだ開けられていない宝箱のようなものだと思います。だから研究対象としてとても魅力的です。

人間・露伴の魅力

露伴には「二宮尊徳翁」とか「努力論」に見られるように、道徳的修養を主張するようなところもあります。けれども将棋、釣り、料理といろいろなものに熱中したり、若い頃には旅に出て無一文になって帰ってきたりしています。また、モダンなものをどんどん取り入れてもいました。彼が生きたのは、江戸以来の遺風が色濃く残る一方、西欧からいろいろなものが渾然一体となって入ってきた時代だったのです。

彼は幕府に仕える家系の生まれで、明治という新しい時代では「はみ出し者」といった立場でした。それに対する反骨精神はむろんあった。ただ彼の場合「むき出しの反骨」といった野暮くさいものではなくて、モダンなものを拒否するようなことはありませんでした。

この時代、西欧の新しい文化がどっと流入してきて、相対的に中国の地位はぐっと低下していきます。そうなると中国に肩入れしたくなる。そんな判官贔屓なところもあります。これはきっと自分のおかれた境遇とどこか通じるものを感じたからでしょう。

露伴にとっつきにくいイメージがある人は、まず次女・幸田文《あや》さんの『父・こんなこと』（新潮文庫）などから入るのが良いかもしれませんね。そうすれば露伴の著作にも比較的スムーズに入れるのではないでしょうか。お堅いイメージとはかけ離れたエピソードがいくつもあります。

初心者ばかりが集まって

私は以前から露伴の作品を読んでいましたし、一度きちんとしたかたちで彼の著作に取り組みたいと思っていました。幸運にも、私が所属していた国際日本文化研究センターには多彩なスタッフが揃っているので、幸田露伴という多面的な人をとりあげて、いろいろなところからアプローチしたらおもしろいだろうなあ、と考えて研究会を立ち上げました。その成果が今回出版された『幸田露伴の世界』です。

（編者注）この研究会は日文研の二〇〇六年度共同研究で、代表＝井波律子、幹事＝井上章一。『幸田露伴の世界』は思文閣出版を版元とし、二〇〇九年二月刊行。

それにしても今回の研究会の組み立て方は少し冒険的だったと思います。なにしろ露伴を熟読したことのあるメンバーはほとんどいませんでした。ただ、文学を専門にやっている研究者では手を付けられないところに手が届くメンバーを集めたいと思いました。たとえば猪木武徳さんには経済、白幡洋三郎さんには都市論、細川周平さんには音楽という風にです。そのおかげで、いろいろな分野の方に、それぞれの方法で多角的にアプローチしていただくことができました。

露伴はとてつもなく知識の幅の広い人で、作品も文学、エッセイ、都市論……とほんとうに多彩です。漢学についても、『論語』をはじめとした儒教的なテキストも読めば、道教や神仙思想も好き、蘇東坡のこともやるし、近世の『水滸伝』の訳注なんかもやる。民間学者とか偉大なるアマチュアと呼ぶべき人だったのではないでしょうか。いわゆるアカデミズムとは距離があったように思います。だからおこがましいようですが、素人が素人と対峙するというスタンスの研究会も良いのではないかと思いました。

考えてみれば、露伴のように引き出しの多い博学の人に挑むにあたり、今回のようなメンバーの組み方をしたのが、結果的によかったと思います。そのおかげで彼の文豪としての部分だけでなく、背後にあるすごく大きな知識のプールに少しだけ足を踏み入れることができたのではないかと思います。

研究会をはじめるとすぐ、「読んでみるとなかなかおもしろい」とか、「もっと古くさい人だと思っていたけれど、意外にモダンだ」といった声が聞かれ、露伴に対する固定観念はだんだん崩れていきました。多彩な顔ぶれが揃っただけに、それぞれの発表には個性があり、いつも意外な発見がありました。毎回とても面白かったです。私としては自分の手薄な分野をほかのみなさんに教えてもらったといえますね。

いまこそ露伴を

露伴の文章は「一気呵成《いっきかせい》」という表現がよく当てはまると思います。プロの著述家としては、推敲しながら書くというよりも、一気に書き上げるタイプなのでしょう。私も彼の文章は黙読しているとわからなくなるときがありますが、そういうときは声に出してみる。そうすると意味はわからなくてもリズムなんかが訴えかけてくる。むしろ音読に適しているのではないかと思います。

膨大な漢学の素養を持っているにもかかわらず、小説などは漢文脈ではなく流暢な和文脈で書かれています。また彼の背後には膨大な知識の蓄積があって、言葉だけが上滑りするようなことは絶対にありません。そういうところが魅力です。

露伴だけでなく夏目漱石、森鷗外といった世代と、それより後の世代とでは、教養の素地が違うと思います。彼らは幼児教育の時点ですでに漢文の素読などをはじめていました。当時は、今の子どもたちが物心ついたときからパソコンやゲームを始めるのと同じ感覚で漢文に親しんでいたのでしょう。

それに対して今の子どもたちは、小さな頃からパソコンをさわって、キーボードの操作が血肉と化している。きっと私が五十歳を過ぎて覚えたのとは全然違うと思います。今の時代は教養の質が多様になっているのでしょう。こういう世代が書く日本語は、私たちとは少し違うでしょうね。たぶん頭で考えたことを文章にしていく変換の仕方が違います。

でも日本語というのはいまだに漢字とひらがなで組み立てられています。その漢字の意味が全然わからないまま文章を作るというのは、ちょっとしんどいだろうなと思います。キーボードをたたけばいろいろな言葉が出てくるけれども、やはり字そのものには固有の意味がありその背景には歴史があるのですから、それらを子どものうちから暗黙のうちに知っているのと知らないのとではずいぶん違うでしょうね。今を悪いとは言いませんが、新しいモノが付け加わっていく一方で、何かが少しずつ欠けていっているのは確かでしょう。そういった現代の我々が失いつつあるモノが露伴の文章の中にはいっぱい詰まっていると思います。

今回、露伴をとりあげようと思ったのは、日本語の問題、つまり最近「日本語はこのままでいいのか」とか「日本語は滅びるのか」といった問題が注目されつつあるのと、どこかでつながっていたのかもしれません。たとえば、古井由吉さんが夏目漱石の漢詩を一般向けのセミナーでとりあげていたりして（『漱石の漢詩を読む』として岩波書店より刊行）、明治から大正にかけての人の中国あるいは漢学との関わり方といったものに関心を持つ人たちも出てきています。今は私が二十年前にはじめて『露伴全集』を借りたときよりは露伴に興味を持っている人が増えているのではないでしょうか。

いきなり大部な全集からとなると大変でしょうけど、最近はきれいな装丁の文庫本も出ています。だから露伴が世間の目に触れる機会も増えていると思いますよ。みなさんも未知の宝に気づき出したのではないでしょうか。最初はエッセイでも都市論でも、みなさんが興味を持ったものから読んでみたらいいと思います。まずはこの本が露伴との出会いのきっかけになればいいですね。

（『鴨東通信』思文閣出版、二〇〇九年四月）

より深く知りたい読者のために――関連書紹介（井波陵一）

第Ⅰ章

『中国奇想小説集　古今異界万華鏡』（平凡社、二〇一八年）

『中国幻想ものがたり』（大修館書店、二〇〇〇年）

前者は六朝時代から清代まで、一五〇〇年以上にわたって著されつづけた「志怪小説」（志怪は「怪を志す」の意）から、秀作二六篇を精選して現代日本語に翻訳し、注釈を加えたユニークな書。陶淵明「桃花源記」や沈既済「枕中記」も収録されている。

後者は物語幻想を駆使した短篇小説群を、大きく「夢の巻」「恋の巻」「怪異の巻」にグルーピングし、それぞれのストーリーを紹介しつつ、縦横に論じたエッセイ集。

第Ⅱ章

『中国の名詩１０１』（井波律子編／新書館、二〇〇五年）

『中国名詩集』（岩波書店、二〇一〇年。岩波現代文庫、二〇一八年）

『中国的レトリックの伝統』（影書房、一九八七年。講談社学術文庫、一九九六年）

最初の二冊は漢詩のアンソロジー。『中国の名詩１０１』は「詩経」「楚辞」から現代のロックシンガー崔健まで、一〇一の詩を掲げる。『中国名詩集』は唐詩以降を中心に、前漢・劉邦から毛沢東まで名詩一三七首を選んで編成。

また、『中国的レトリックの伝統』は井波律子のいわば原点となった「文心雕龍論」を含み、中国史の底流をかたちづくる表現論として精彩を放つ。

第Ⅲ章

『中国文学の愉しき世界』（岩波書店、二〇〇二年。岩波現代文庫、二〇一七年）

井波律子はさまざまな角度から中国の文学・歴史そして人物を論じていて、単著は数多い。この幅広さは本人がモットーとした「勉強は楽しんでやるものだ」という姿勢と深くかかわっており、それを体現したのがこの書である。

第Ⅳ章

『三国志演義』（岩波新書、一九九四年）

『三国志曼荼羅』（筑摩書房、一九九六年。岩波現代文庫、二〇〇七年）

前者は正史『三国志』から一〇〇〇年以上のときをかけ、さまざまなプロセスをへて『三国志演義』が成立するまでの「結実の過程」が詳しく述べられている。後者は三国志世界を彩る人物を中心に、存分に論じたエッセイ集。岩波現代文庫版ではさらに五篇が追加収録され、二〇〇五年以前の関連文章が集成されることになった。

『トリックスター群像　中国古典小説の世界』（筑摩書房、二〇〇七年。潮文庫、二〇二三年）

『中国の五大小説』上下（岩波新書、上二〇〇八年、下二〇〇九年）

『中国のグロテスク・リアリズム』（平凡社、一九九二年。中公文庫、一九九九年）

前二者はともに、白話長篇小説『三国志演義』『西遊記』『水滸伝』『金瓶梅』『紅楼夢』がテーマであり、それぞれの魅力の特徴を語るとともに、五大小説に共通する特質を論じている。また、白話短篇小説については後者『中国のグロテスク・リアリズム』が詳しい。

第Ⅴ章

『中国ミステリー探訪　千年の事件簿から』（ＮＨＫ出版、二〇〇三年）

近代中国で圧倒的に歓迎された外国小説は「偵探小説（探偵小説）」である。これはすでにミステリーを受容する土壌が広く形成されていたことを意味しよう。この書では三世紀中頃から二十世紀中頃まで、欲望のうずまく俗なる世界で発生する犯罪を描く作品を取り上げ、外国ミステリー翻訳と中国ミステリー作家の誕生の諸相に及ぶ。ミステリー好きな井波律子の面目躍如たる快著である。

※なお、井波律子の著作全般については、『楽しく漢詩文を学ぼう　中国文学逍遥３』にその一覧を掲げます。ご興味ある方はどうぞご覧ください。

井波律子

1944—2020年。富山県生まれ。1972年京都大学大学院文学研究科博士課程修了。金沢大学教授をへて、国際日本文化研究センター教授（のち名誉教授）。専門は中国文学。著書に『中国人の機智』『中国的レトリックの伝統』『中国のグロテスク・リアリズム』『読切り三国志』『三国志演義』『酒池肉林』『破壊の女神』『奇人と異才の中国史』『トリックスター群像』『論語入門』『中国人物伝（全4巻）』など多数。〈世説新語〉〈三国志演義〉〈水滸伝〉〈論語〉の個人全訳でも知られる。また身辺雑記を含むエッセイ集として、『中国文学の愉しき世界』『一陽来復』などがある。

井波陵一

1953年福岡県生まれ。1978年京都大学大学院文学研究科修士課程修了。1981年井波律子と結婚。京都大学人文科学研究所教授をへて、京都大学名誉教授。専門は中国文学。著書に『知の座標』『紅楼夢と王国維』ほか。訳書に『宋元戯曲考』『新訳 紅楼夢（全7冊）』（読売文学賞受賞）がある。

「中国文学逍遥」（全3冊）総目次

時を乗せて　折々の記　中国文学逍遥1

Ⅰ　金沢にて 一九七六～一九九五／Ⅱ　京都を活動拠点に 一九九五～二〇〇九／Ⅲ　花木と親しむ日々 二〇〇九～／付　わが家の家計簿体験談（井波テル）

汲めど尽きせぬ古典の魅力　中国文学逍遥2

Ⅰ　神話 ユートピア 異界／Ⅱ　漢詩の世界 表現のダイナミズム／Ⅲ　中国の人と文化 点描／Ⅳ　白話小説の物語世界／Ⅴ　近代中国の文学観――翻訳を手がかりに／別章　幸田露伴と中国文学

楽しく漢詩文を学ぼう　中国文学逍遥3

序　インタビューにこたえて／Ⅰ　〈ライブ感覚〉の中国文学案内――高校の生徒さんと先生方へ／Ⅱ　本をめぐる風景／Ⅲ　私の「書いたもの」から――自著を語る／別章　表現者＝中野重治をめぐって

定価　各2530円（税込）

汲めど尽きせぬ古典の魅力　中国文学逍遥2

2023年10月23日　初版第1刷発行

著　者　井波《いなみ》 律子《りつこ》
編　者　井波《いなみ》 陵一《りょういち》
発行者　浜田 和子
発行所　株式会社 本の泉社
〒112-0005 東京都文京区水道2-10-9 板倉ビル2F
電話03(5810)1581　FAX03(5810)1582
http://www.honnoizumi.co.jp

印刷／製本　株式会社ティーケー出版印刷
DTP　河岡 隆(株式会社 西崎印刷)

ISBN978-4-7807-2250-5　C0095